Para minha Alma Gêmea Musical.
Feliz 3 anos e 8 meses
Com muito amor
Tullio Calatino
19/12/2011

NICK & NORAH

UMA NOITE DE AMOR E MÚSICA

RACHEL COHN E DAVID LEVITHAN

NICK & NORAH

UMA NOITE DE AMOR E MÚSICA

Tradução de
RYTA VINAGRE

galera
RECORD
Rio de Janeiro | 2009

CIP-Brasil. Catalogação-na-fonte
Sindicato Nacional dos Editores de Livros, RJ.

Cohn, Rachel
C629n Nick e Norah: uma noite de amor e música / Rachel Cohn, David Levithan; [tradução Ryta Vinagre]. – Rio de Janeiro: Galera Record, 2009.

Tradução de: Nick and Norah's infinite playlist
ISBN 978-85-01-08540-5

1. Romance americano. I. Levithan, David. II. Vinagre, Ryta. III. Título.

08-5288 CDD – 813
CDU – 821.111(73)-3

Título original em inglês:
NICK AND NORAH'S INFINITE PLAYLIST

Direitos exclusivos de publicação em língua portuguesa somente para o
Brasil adquiridos pela
EDITORA RECORD LTDA.
Rua Argentina 171 – Rio de Janeiro, RJ – 20921-380 – Tel.: 2585-2000
que se reserva a propriedade literária desta tradução

Impresso no Brasil

ISBN 978-85-01-08540-5

PEDIDOS PELO REEMBOLSO POSTAL
Caixa Postal 23.052
Rio de Janeiro, RJ – 20922-970

PARA MARTHA E NICK,
O VERDADEIRO

O playlist de agradecimentos:

1. Tina Turner — *The Best* (para Jennifer Rudolph Walsh, Lisa Grubka e Katie Glick)
2. Ray Charles — *You Are My Sunshine* (para Alicia Gordon e Bari Zibrak)
3. Lucinda Williams — *2 Kool 2 B 4-Gotten* (para Lorene Scafaria)
4. Belle & Sebastian — *Wrapped Up in Books* (para Jack Martin)
5. Prince — *Nothing Compares 2 U* (para Joe Monti)
6. Elvis Costello — *Alison* (para Allison Wortche)
7. The Cure — *Pictures of You* (para Melissa Nelson e Isabel Warren-Lynch)
8. Louis Armstrong — *A Kiss to Build a Dream On* (para todas as pessoas legais da Knopf)
9. The Beatles — *Paperback Writer* (para nossos queridos amigos)
10. Julie Andrews — *The Sound of Music* (para nossas queridas famílias)
11. Rufus e Chaka Khan — *You got the Love* (para Stephanie e Al)
12. Kylie Minogue — *Can't Get You Out of My Head* (para Billy e Nicolicious)
13. Jens Lekman — *You Are the night (By Which I Travel into This and That)* (para Nick)
14. Kelly Clarkson — *Miss Independent* (para Anna)
15. Q and Not U — *Wonderful People* (para Martha)
16. The Magnetic Fields — *How Fucking Romantic* (para Nancy)

1. NICK

O dia começa no meio da noite. Não presto atenção em nada, só no contrabaixo em minha mão, o barulho em meus ouvidos. Enquanto Dev grita e Thom se contorce descontroladamente, eu sou o mecanismo do relógio. Sou eu que pego essa coisa chamada música e a alinho com a coisa chamada tempo. Eu sou a marcação, sou a pulsação, eu estou por trás de cada parte deste momento. Não temos baterista. Dev tirou a camisa, Thom está exagerando no feedback, e eu estou por trás deles, eu sou o gerador. Estou ouvindo e não escuto porque o que toco não é algo sobre o qual eu raciocino, mas algo que me toma por inteiro. Todos os olhares estão em nós. Ou pelo menos é o que posso imaginar durante a minha cegueira no palco. O espaço é pequeno, fazemos um barulhão, e eu sou o baixista não-gay numa queercore band* que enche a sala de murmúrios enquanto Dev canta aos berros, O

*N. do E.: queercore band é um subgênero do punk rock, que surgiu no final dos anos 1980. O diferencial desse movimento é a exploração da temática gay em suas letras.

Homem que se foda/O Homem que se foda/Eu quero de verdade/O Homem que se foda. Estou pontuando, eu perfuro e soco o ar com meu corpo enquanto meus dedos pressionam firmemente as cordas. Suor, rancor e desejo se derramam de mim. Isto é libertação, ou talvez seja apenas um pedido de libertação. Dev agora geme, Thom está a toda e eu estou viajando legal, embora meus pés não se mexam. Olho a luz e vejo pessoas se sacudindo, pulando e assistindo ao Dev levar o microfone à boca e continuar gritando a letra. Atiro as cordas para eles, eu os encharco de ondas sonoras, marco o tempo tão alto que eles têm de ouvir. Sou mais forte do que as palavras e sou maior do que a caixa em que me encontro, e então a vejo na multidão e me desintegro.

Merda, eu disse a ela para não vir. Enquanto ela estava ocupada me desfazendo em pedaços, esse era o único fragmento meu que implorei a ela que deixasse. *Por favor, não vá aos shows. Não quero ver você lá.* E ela disse sim, e na hora não foi mentira. Mas em algum momento passou a ser. E eu me vejo sem o menor controle emocional, tudo em minha volta vai do grito ao choro — tudo isso no tempo que levo para ver o formato de seus lábios. E depois eu vejo — ah, caralho, não — que ela não está sozinha, que está com um cara; embora ela vá dizer que veio me ver, não tenho dúvida nenhuma de que ela veio para que eu a visse. *Acabou,* disse ela, e isso não soou como a maior mentira do mundo? Estou cambaleando nas notas, Dev chegou ao verso seguinte e Thom toca um pouco mais rápido do que deveria, então tenho que correr atrás do prejuízo enquanto ela se inclina para o cara e balança a cabeça como se eu estivesse fazendo esta música para ela, quando, na verdade, se eu pudesse, pararia com tudo e dedicaria a ela um silêncio equivalente à dor que ela me deu.

Procuro acompanhar Dev e Thom. Esta noite nos chamamos The Fuck Offs, mas é um nome novo e não deve durar nem três apresentações; afinal, até lá, Dev pode inventar outro. Já fomos Porn Yesterday, The Black Handkerchiefs, The Vengeful Hairdressers e None of Your Business. Não faço uso de meu voto, a não ser para vetar as idéias mais imbecis de Dev ("Cara", tive de dizer a ele, "ninguém quer ver uma banda chamada *Dickache*"). Dev quer drogar o drogado, tatuar o tatuado e tem um jeito todo especial com aqueles punks perturbados que vêm aos nossos shows sem imaginar que vão acabar querendo se atracar com o cara que desafia a platéia, *De que tamanho é o seu cocker spaniel?*. Dev é de uma cidade em Jersey chamada Lodi, e isso faz todo sentido para mim, uma vez que ele não passa de um ídolo às avessas. Thom é de South Orange e só tem um "h" no nome há dois meses. Eu sou de Hoboken, o mais perto de Nova York que se pode chegar sem que você realmente esteja em Nova York. Em noites como esta, com a oportunidade de tocar diante de mais gente do que nossos amigos, eu atravessaria o Hudson a nado só para chegar a este clube, que mais parece uma caverna. Pelo menos até Tris aparecer e eu perceber que estou sangrando no palco de maneira invisível.

Tomem o poder/O Homem que se foda/Tomem o poder/e que se foda o Homem. Dev está levando a música a um lugar que não fora antes: um intervalo de quarta. Agora fiz uma pausa, esperando pelo fecho. Thom parece estar à beira de um solo, que nunca é um lugar muito seguro para ele. Eu mexo os pés, desvio-me dela, procuro fingir que ela não está presente, o que é uma piada tão escrota que nunca me fez rir. Tento atrair a atenção tão periférica de Dev, mas ele está ocupado demais enxugando o suor do peito para perceber. Por fim, porém, ele consegue uma explosão de energia com força suficiente para dar vazão àquilo tudo. Então ele estende os braços e uiva, e eu paro tudo com uma última guinada. A multidão nos dá uma explosão de seu próprio barulho. Procuro ouvir a voz dela, tento distinguir aquele tom único entre gritos e aplausos. Mas ela está tão distante quanto estava na noite em que chorei e ela nem se virou para ver se eu estava bem. Três semanas, dois dias e 23 horas atrás. E ela já está com outro.

A banda seguinte está na lateral do palco. O dono do clube gesticula que nosso tempo acabou. Mas eu não estou tão na urgência de fugir daqui a ponto de não me sentir recompensado pelos pedidos de bis, por aqueles gritinhos de decepção quando as luzes se acendem e revelam à multidão o caminho do bar. Eu sou o roadie que se fode neste espetáculo. Então, enquanto Dev pula na multidão e encontra seu admirador mais apaixonado, e Thom sai de fininho para encontrar seu amigo emo-sensível, eu tenho de imediatamente me recompor para poder guardar nosso equipamento. Vou dos acordes às cordas, da introspecção à ralação. Um dos caras da banda seguinte é gente boa e me ajuda a pegar as caixas que estão lá no fundo do palco. Mas eu sou o único que pode tocar nos instrumentos, colocá-los com cuidado para dormir à noite. Depois me ofereço para ajudar a nova banda a se preparar e fico feliz quando eles aceitam; assim eu posso conectá-los ao painel de som em vez de consumir toda minha energia resistindo a ela.

Meus olhos ainda estão acostumados a procurar por ela numa multidão. Minha respiração ainda está acostumada a parar quando a luz está no ângulo certo e eu a vejo. Meu corpo ainda está acostumado ao dela se movendo ao lado do meu. Então, a distância — qualquer falta de contato — é uma rejeição constante. Ficamos juntos por seis meses, e em cada um desses meses meu desejo encontrou novas maneiras de ser incitado por ela. *Acabou*, e isso não pode ser o fim. Todas as canções que compus em minha mente foram para ela e agora não consigo evitar que elas toquem. Essa trilha sonora de história nenhuma. *Estou cansada,* ela disse, e eu disse a ela que estava cansado também, que queria tirar algum tempo para nós. E depois ela disse, *Não, estou cansada de você*, e eu resvalei num universo paralelo, porém verdadeiro — uma dimensão onde o término chega antes do fim. Ela não estava mais em nenhum *lugar* que eu pudesse alcançar.

Fico de costas para o público enquanto guardo o equipamento e os instrumentos em um lugar seguro. Logo chegou o momento em que não dava mais para ficar de costas, afinal, é bem limitado o tempo em que se pode ficar encarando uma parede sem se sentir um idiota. Então sou salvo pela banda seguinte, que coloca o volume ainda mais alto e logo instaura em todos nós um lindo caos. Eles se chamam Are You Randy? e o vocalista está realmente cantando, não aos berros bancando os Ramones. Atrevo-me a olhar a platéia e não a vejo mais. Não vejo muitas *elas* na verdade — é um mar de *eles* se espremendo e se esbarrando uns nos outros quando o vocalista lhes fala do estado das coisas, avaliando o público com músicas como *I Want You to Want Me*, *Blue Moon* e *All Apologies* enquanto faz sua própria dança dos sete véus.

Acho que Tris vai gostar dessa banda, e saber isso me apunhala de novo, porque agora tudo o que sei de que ela gosta é completamente inútil. Pergunto-me quem é o cara. Pergunto-me se eles se conheciam três semanas e três dias atrás. Fico feliz por não tê-lo visto direito, porque eu acabaria pensando nos dois juntos sem roupa. Agora penso só nela nua, e é uma lembrança tão nítida que meus dedos chegam a se mover para tocá-la. Viro a cabeça, como se realmente a estivesse vendo, e vejo Thom e o namorado Scot se agarrando ao som da música, daquele jeito que só se faz nos cantinhos. Dev, imagino, ainda está no bar, ainda se exibindo. Somos menores de idade, mas isso não tem importância por aqui. A maior parte do público é mais velha do que nós — universitários ou com idade para estar na universidade — e tenho consciência de que realmente não me encaixo aqui. Alguns caras mais velhos da platéia me encaram, e até me cumprimentam com o olhar. Afinal, não é como se eu usasse uma placa escrito HETERO, ou algo parecido. Às vezes retribuo o gesto, quando acho que é um reconhecimento pela música, e não um convite. Mas sempre vou em frente, nunca paro.

Encontro Dev no bar, falando com um cara da nossa idade que parece familiar àquele modo de ser e de vestir. Quando chego até eles, sou apresentado como "o deus do baixo, Nick", e ele é apresentado como o "Hunter do Hunter". Dev me agradece por mais uma vez ter desmontado todo o palco sozinho e, pelo modo como a conversa não continua a partir daí, entendo que estou interrompendo. Se fosse Thom, minha agitação provavelmente teria sido percebida. Mas Dev precisa que a gente decifre as emoções para ele, e agora não estou com humor algum para isso. Então só digo onde deixei as coisas e finjo que vou procurar um lugar vago no bar de onde consiga chamar o barman. E uma vez que estou fingindo que a verdade é essa, imagino que poderia realmente ser verdade. Ainda não consegui ver Tris, e há uma pequena parte de mim que se questiona se ela estava mesmo no meio da platéia. Talvez fosse uma garota parecida com a Tris, o que explicaria o cara que não se parecia com ninguém.

A Are you Randy? pára de tocar seus instrumentos um por um, até que o vocalista solta uma última nota *a capella*. Para o bem deles, eu gostaria de poder dizer que o clube se comoveu com isso, mas, na verdade, o ambiente estava era cheio de conversas. Ainda assim, foi algo melhor do que a média, e a banda consegue uma rodada de aplausos e gritos. Eu também aplaudo e percebo que a garota do meu lado usa os dois dedos na boca para assoviar como antigamente. O som é claro e vivo, me faz pensar em quando eu jogava beisebol na Liga Infantil. A garota veste uma camisa de flanela, e não sei dizer se é porque ela quer resgatar o único estilo de roupa dos últimos cinqüenta anos que *não* foi resgatado ou se é porque a camisa é tão confortável como parece. Ela tem a pele muito branca e um corte de cabelo que diz *escola particular*, embora tenha desgrenhado tudo para esconder isso. A banda seguinte abria o show do Le Tigre na última turnê, e eu imagino que essa garota esteja aqui por causa deles. Se eu fosse um cara diferente, podia tentar puxar uma conversa simpática, só para sermos, sei lá, amigos. Mas sinto que se eu falar com alguém agora, tudo o que vou conseguir fazer vai ser desabafar.

Thom e Scot estariam prontos para ir se eu quisesse, mas tenho certeza de que Dev ainda não sabe se vai voltar com a gente ou não, e eu seria um babaca de criar dificuldades pro cara perguntando isso. Então estou ferrado e sei disso, e é aí que olho à direita e vejo Tris e o cara novo se aproximando do balcão cheio de cerveja derramada para pedir outra rodada do que eu não estou bebendo. Definitivamente é ela e, definitivamente, estou fodido. Afinal, estamos no intervalo entre as bandas e tem muita gente me empurrando e, se eu tentar ir embora, vou ter que abrir caminho à força, e se eu tiver de abrir caminho à força, ela vai me ver tentando escapar e terá certeza de que eu não agüentei e, embora esta seja a verdade, não quero que ela tenha prova alguma disso. Ela está arrasando, eu me sinto arrasado, e o cara com quem ela está segura seu braço de um jeito que um amigo gay jamais faria, nem pensar — e isso funciona como uma prova. Eu sou o modelo antigo e este é o modelo novo, e eu poderia ficar ali durante um ano caprichando no som do meu contrabaixo e nada, absolutamente nada, iria mudar.

Ela me vê. Não consegue fingir surpresa ao me ver, porque é evidente que eu estaria aqui. Então ela abre um sorrisinho e cochicha alguma coisa para o modelo novo, e eu sei, pela expressão dela, que depois que pegarem as bebidas que agora são servidas, eles vão se aproximar e dizer *Oi* e *Bom show* e — poderia ser tão idiota e cruel? — *Como você está?*

E não suporto essa idéia. Vejo que tudo está se desenrolando e sei que preciso fazer alguma coisa — qualquer coisa — para impedir.

Então eu, este baixista qualquer de uma banda de queercore mediana, viro-me para a garota de blusa de flanela que nem conheço e digo:

— Sei que isso vai parecer meio estranho, mas poderia ser minha namorada pelos próximos cinco minutos?

2. NORAH

Randy, da Are You Randy?, insiste que o baixista da banda de queercore é homo, mas eu digo a ele "Não, o cara é hetero". Não faço idéia se ele é ou não responsável pelas letras de sua banda de merda. (*O Homem que se foda/O Homem que se foda* — mas que porcaria banal é essa?). Mas ele não é homo. Pode acreditar. Há certas coisas que uma garota simplesmente sabe, por exemplo, que um intervalo de quarta numa música punk é uma péssima idéia, ou que de jeito nenhum um baixista de Nova Jersey com cabelo de Astor Place, vestido de calça preta toda rasgada e manchada de água sanitária, que usa uma camiseta preta desbotada *Quando eu disser Jesus, você diz Cristo,* escrito em laranja, se pega com meninos; ele se esforça demais na pinta Johnny Cash, e ele é punk e irônico demais para ser homo. Talvez ele seja um *emo*, eu disse ao Randy, mas só porque ele não parece uma relíquia do Whitesnake como todos da sua banda, não quer dizer automaticamente que ele seja gay.

O fato incidental de ele ser hetero não quer dizer que eu queira ser a namorada de cinco minutos de um não-homo, como se eu fosse um lanche rápido na loja de conveniência, um serviço prestado à sua galinhagem. Só porque eu sou a única mané aqui que não perdeu os sentidos de tanta cerveja, drogas ou hormônios, eu tenho o senso de refrear meu instinto original — gritar para ele "NÃO, PORRA!" em resposta à pergunta do Não-Homo.

Tenho que pensar em Caroline. Eu sempre tenho que pensar em Caroline.

Percebi que o Não-Homo estava guardando o equipamento da banda sozinho, enquanto os colegas o abandonaram para curtir a noite. Entendo essa cena. Aliás, me identifico com isso de arrumar a bagunça de todo mundo.

O Não-Homo se veste tão mal — ele tem de ser de Nova Jersey. E se o Cara de Jersey é o roadie da vez, ele tem um furgão. O furgão deve ser uma lata-velha com um carburador vazando e que ainda pode estourar um pneu ou ficar sem gasolina no meio do túnel Lincoln, mas é um risco que tenho de assumir. Alguém tem que levar Caroline em casa. Ela está bêbada demais para se arriscar a pegar o ônibus. Está tão bêbada que iria para casa de ônibus com Randy, se eu não estivesse aqui para levá-la para minha casa, onde ela pode dormir tranqüilamente. Tiete maldita. Se não a amasse tanto, eu a mataria.

Ela tem sorte por meus pais gostarem dela tanto quanto eu; o pai e a madrasta dela estão passando o fim de semana fora, não dão a mínima para o que ela faz, desde que ela não engravide nem namore nenhum cara de uma família com renda inferior a seis dígitos. Babacas. Já meus pais adoram a Caroline, a linda Caroline e o seu cabelo caramelo comprido, seus lábios enormes de sabor cereja e sua passagem pela prisão por delinqüência juvenil. Eles não vão ligar se ela cambalear do meu quarto até a cozinha amanhã à tarde, toda desgrenhada e de ressaca. É ela, e não eu, que atende às expectativas deles sobre o que deve ser a filha do diretor de uma gravadora multinacional que mora em Englewood Cliffs: *doida*.

Caroline não é uma Grande Decepção como a filha semgraça, que usa camisa de flanela, cabelo picotado cortesia-de-um-salão-de-300-dólares-a-visita-com-mamãe-(Bergdorf's)-e-uma-lata-de-5-dólares-de-spray-de-tintura-azul (Ricky's). Eu sou careta, responsável e também a melhor aluna da turma. Decidi passar um ano num *kibutz* na África do Sul em vez de entrar para a Brown. *POR QUE, Norah, POR QUÊ?* Meu ensaio para a admissão à Brown era todo sobre a forma como meu pai se apropriou de uma música do The Street e depois a arruinou para lucrar com The Man. *Eu não sou mesmo um hippie corporativo de merda*, disse papai, rindo, depois de ler meu texto. Meu pai não nega que é responsável por emplacar nas mais pedidas do rádio uma porcentagem absurda de seus hits insuportáveis, mas ele tem orgulho de ter me doutrinado em todo tipo de música desde a infância e assim, agora, aos 18 anos de idade, eu posso arrasar como DJ quando quero, mas também assumo que sou uma esnobe insuportável quando o assunto é música. Meus pais também me fizeram a desgraça de serem felizes no casamento por um quarto de século, o que sem dúvida condena minhas perspectivas de chegar a viver o amor verdadeiro. Um raio não cai duas vezes no mesmo lugar.

Meus pais me deserdariam se soubessem que eu estava neste clube hoje à noite. É patético, mas, eu poderia estar comprando uma erva no Tompkins Square Park agora mesmo, a caminho de um bar sadomasô na Avenue D, e meus pais simplesmente aplaudiriam. Mas, aqui, neste clube, este é o único lugar em toda Manhattan a que eu supostamente seria proibida de ir, devido a uma antiga confusão envolvendo um contrato ruim que meu pai fechou com Crazy Lou, o dono deste clube (que antigamente era meu padrinho, o *tio* Lou, até que toda a situação levou Lou a ser rebatizado de *Crazy*). Ele é um punk das antigas, da época em que os Ramones eram primeiro umas putas junkies e, só então, músicos. É do tempo que o movimento punk significava algo além de um conceito de marketing de massa projetado para ajudar a galera além-ponte e além-túnel a se sentir descolada.

Mas minha mãe e meu pai me deserdariam mais rápido ainda, e até me matariam, se pensassem que eu não estava cuidando de sua amada Caroline. Ela inspira esse tipo de devoção nas pessoas. É um nojo, só que eu também caio totalmente no feitiço de Caroline, sou sua babá desde o maternal.

Dou uma olhada no clube enquanto aquela massa de gente que circula no intervalo dos shows passa como um enxame através de mim como se eu fosse um fantasma, com a inconveniência de um corpo maleável atrapalhando o caminho até a cerveja. Que droga, perdi Caroline de novo. Ela está a fim de ficar com o Randy esta noite, o que é legal — a Are You Randy? não é uma merda completa —, mas o próprio Randy está alucinado de ecstasy; eu preciso ter certeza de que ele não vai ficar sozinho com ela num canto. Mas eu só tenho

1,60m na ponta dos pés, e o Não-Homo de 1,80m está parado na minha frente, bloqueando minha visão, esperando para saber se eu quero ser sua namorada por cinco minutos e parecendo aquele bicho perdido dos livros infantis que fica perguntando, "Você é minha mãe?"

Olho por trás dele e não vejo Caroline, mas vejo aquela piranha idiota, a Tris, que, não à toa, rima com meretriz, afinal é exatamente como uma profissional que ela age com os homens, ela os devora por dentro. Ela está fazendo seu andar de Tris, com os peitos grandes empinados, rebolando a bunda de um jeito que chama a atenção de todo homem idiota que passa por ela, até os gays, que parecem estar bem representados aqui hoje, apesar do Não-Homo. Ela está vindo na minha direção. Não não NÃÃÃÃÃÃOOOO. Como foi que ela descobriu Caroline e eu aqui? Ela tem olheiros com GPS em cada canto aonde Caroline e eu vamos numa noite de sábado, ou o quê?

Namorado, aqui vou eu! Respondo à pergunta do Não-Homo colocando a mão em seu pescoço e puxando sua cara para a minha. Meu Deus, eu faria qualquer coisa para evitar que Tris me reconhecesse e tentasse falar comigo.

PORRA! Eu não esperava que o Não-Homo beijasse tão bem. Babaca. Está vendo isso, Randy? — Ele não é HOMO. Confirmado. Mas não estou procurando química nenhuma, só uma carona pra casa para minha amiga. Também não estou procurando língua nenhuma, mas o Não-Homo não perde tempo e logo desliza a dele na minha. Minha boca se revolta contra minha vontade, *Humum, está bom isso aqui, né?, agora agüenta, garota, agüeeeenta!*

Por melhor que seja o gosto dele, esta namorada de cinco minutos ainda precisa de alguns segundos para tomar ar. Separo minha boca da dele, na esperança de recuperar o fôlego e pegar Tris se afastando de nós sem ter notado a minha presença.

Uau. Apesar de toda a confusão, sinto um frio na barriga. Vamos esquecer minha necessidade de oxigênio. Minha boca quer voltar para o lugar de onde veio.

Infelizmente, Tris está parada diante de nós, pendurada em sua última vítima babona, que agora está perto o bastante para eu conseguir identificá-lo como um dos recentes rejeitados de Caroline; ele é amigo do Hunter, cuja banda, a Hunter Does Hunter, vai tocar daqui a pouco (de nada, Hunter, por apresentá-lo ao Lou). Tris passa o braço firmemente na cintura do cara, talvez espremendo o que resta da vida que essa maldita sugadora de almas ainda não tirou dele nas três semanas desde que Caroline lhe deu um chute na bunda.

Tris diz:

— Nick? Norah? Como assim? De onde vocês se conhecem?

Essa piranha não devia estar num lugar como este. Como se o seu jeito de falar já não fosse o suficiente, também tem a questão de sua roupa de loja vagabunda: saia de couro preta e curta com fivelas na lateral, camiseta "vintage" dos Ramones, daquelas produzidas em massa, e legging amarelo-mijo com um par horrível de sapatos de couro rosa. Ela parece uma abelha de néon numa fraude de Debbie Harry.

Vou precisar ter outra conversa com o tio Lou sobre os padrões *vis-à-vis* de possuir e administrar um clube. O cara pode até saber desencavar muito talento novo — do tipo cru e faminto que está pronto para sangrar as tripas ou outras partes úteis do corpo no palco do Crazy Lou em troca da oportunidade de se apresentar ali —, mas não sabe merda nenhuma de como administrar o negócio. Olha só a ralé menor de idade de Jersey que deixam entrar aqui! Ele provavelmente até dá cervejas para os integrantes da banda! LOU! Por que acha que tantos desses babacas são alcoólatras e junkies? Eles conseguiram a música certa. Podem tocar música punk com convicção — dura, rápida, irada — mas ainda não se tocaram de que agora o verdadeiro punk acredita na caretice: nada de álcool, nem drogas, nem cigarros, nada de roubos. Agora o verdadeiro punk é só o punk que restou de toda a loucura: a música, a mensagem.

Bom, minha gente, continuem brindando a isso, porque quando eu voltar da África do Sul no ano que vem e assumir a gerência desse clube como o tio Lou me prometeu, em vez de me candidatar novamente à Brown, como eu combinei com meus pais, vai ter um novo xerife aqui no Lower East Side, meus amigos. Aproveitem sua diversão devassa e suja agora, porque o tempo está se esgotando para vocês.

Mas a futura proibição das ficadas eu posso reconsiderar. Afinal, a parte da pegação é legal, tem possibilidades, com o par certo de lábios.

Não sei por quê, mas eu faço esse negócio que Caroline faz com suas vítimas masculinas: em vez de pegar a mão do Não-Homo, eu coloco minha mão em seu pescoço e arranho sua nuca suavemente, possessiva, enquanto Tris fica olhando. Com os meus dedos, posso varrer seu corte de cabelo picotado bem na parte de trás e sentir os arrepios que sobem pela sua nuca. Gosto disso. Sinto uma satisfação em ver o lábio inferior de Tris quase despencar do queixo, tamanho o choque. Essa é a Tris: nunca é discreta.

O que quer que eu esteja fazendo, funciona. Ela de repente se afasta, sem falar nada. Ufa. Essa foi mais fácil do que eu esperava.

Olho o relógio. Acredito que meu novo namorado e eu ficamos 2 minutos e 45 segundos sem nos separarmos. Fecho os olhos e viro de leve a cabeça, preparando-me para outra visita dos lábios dele.

Caroline diz que eu sou frígida. Às vezes acho que ela está me sacaneando, repetindo a fala preferida de meu Ex do Mal, então eu esclareço: *Você quer dizer que eu não sou fácil?* Ela esclarece: *Não, sua cretina, quero dizer que você intimida os caras com um olhar ou um comentário antes que eles possam decidir se querem ter uma chance com você. Além de ser frígida, você é muito crítica.*

O Não-Homo deve achar o mesmo de mim, porque não volta para outro contato boca-a-boca. Ele diz:

— Como assim, você conhece a Tris?

E então eu me lembro. A Tris o chamava de NICK. Nãããããão. É *ele*! NICK! O cara de Hoboken! O cara que compôs todas as músicas e poemas sobre ela, o melhor namorado que nós, as outras meninas do Sagrado Coração, nunca tivemos, o carinha da banda que Tris namorou depois de conhecê-lo no TREM no início do ano letivo, e desde então vem mentindo para ele e o traindo. Será que NICK não acha estranho que ele a tenha namorado por tanto tempo e nunca tenha conhecido nenhuma das meninas da escola dela? IDIOTA!

Mas é claro que Tris não o apresentaria a nós. Sua preocupação não era que a gente deixasse escapar suas perversões para Nick — ela tinha medo era de que ele se apaixonasse por Caroline. Tris pode ficar com os rejeitados de Caroline, mas jamais ofereceu um dos dela. Tris é tão *Mulher Solteira Procura*, que costumamos brincar que Caroline devia conseguir um mandado de restrição contra ela, só que Tris nos diverte tanto que não é possível deixá-la completamente excluída. É uma história de amor e ódio que temos com ela. Não nos sentimos culpadas, ainda temos um mês de aulas e nem imagino se a veremos novamente depois de nossas dedicatórias sentimentalóides de último dia de aula na escola, "Tenha um ótimo verão, boa sorte na faculdade". E, do ponto de vista do carma, eu já paguei minha dívida de menina má com a Tris muitas vezes. Se ela passar em química e cálculo este ano, será graças a mim. Que merda, se ela se formar, será graças a mim.

Não me dou ao trabalho de responder à pergunta de Nick sobre como eu conheço Tris. Preciso encontrar Caroline.

Fico de pé na bancada do bar. É a única maneira de localizá-la no meio de toda essa gente, essa música alta, esse fedor de suor, essa energia incitada pela cerveja neste dia interminável que parece que está apenas começando no meio da noite. Apóio a mão na cabeça de Nick para me equilibrar enquanto passo os olhos pela multidão e minha mão não consegue deixar de revirar o cabelo zoneado dele, só um pouquinho.

Lá está ela! Vejo Caroline sendo esmagada por Randy na mesa do canto, perto da parede de tijolinhos, ao lado do palco, à direita de onde está Hunter do Hunter Does Hunter, que agora está pegando o microfone. Não sei que música a banda dele preparou, mas a letra das músicas de Hunter são claramente compostas na hora e não têm nada a ver com os acordes furiosos e acelerados da guitarra: *Dev, vai pra casa comigo, Dev Dev Dev, quero trepar com esse homem.*

Eu pulo do alto da bancada e disparo até Caroline, mas a mão de Nick agarra meu pulso por trás, puxando-me de volta para ele.

— É sério — diz Nick —, como é que você conhece a Tris?

Seus dedos beliscam o relógio no meu pulso e o *ai* que deu em resposta ao beliscão desvia meus olhos de Caroline e me fazem encará-lo. Percebo que Nick parece perdido, ansioso para que eu fique com ele, seus olhos gentis e coléricos ao mesmo tempo, e isso me faz lembrar a letra de uma música que ele compôs para Tris e ela mostrou para a turma na aula de latim porque achou que era idiota demais.

Seu jeito de cantar na hora de dormir
Seu olhar antes de pular
As estranhas ilusões que você teima em guardar
Você não sabe
Mas eu percebo

A Tris que se foda. Eu daria partes do meu corpo para ter um cara escrevendo algo assim para mim. Quer meu rim? Ah, quer os dois? Toma aqui, Nick, é tudo seu — só componha mais músicas para mim. Vou te dar um enredo: em um clube punk, um cara pede a uma menina estranha para ser namorada dele por cinco minutos, a menina o beija, ele retribui, o cara depois encontra a garota — o que foi que você viu *nessa* garota? Nick, me deixa apresentar algumas letras para você. Por favor? Preparar. Apontar. Fogo.

Quero pular de frustração — por ele e por mim. Porque eu sei que o que quer que Tris tenha feito ou dito a Nick, foi o que deu a ele esse olhar de desespero patético de cachorrinho abandonado. Ela é o motivo de ele provavelmente vir a se tornar um velho amargurado antes de ter idade para beber, sem confiar nas mulheres e compondo músicas rudes sobre elas, e basicamente pensando até a eternidade que todas as mulheres são putas mentirosas e traidoras, porque uma delas dilacerou seu coração. Ele é o tipo de cara que faz com que meninas como eu se tornem frígidas. Sou a garota que sabe que ele tem poesia, porque, como eu já disse, há coisas que eu simplesmente sei. Sou eu que posso inspirá-lo a escrever músicas com títulos antiquados como "Devoção" ou "Amor de Verdade (Mas Complicado)", se ele olhar duas vezes para uma garota como eu. Eu sou a namorada de menos-de-cinco-minutos que por um beijo breve demais fantasiou em dar o fora desse lugar com ele, sair dessa história de punk com ele e ir para um club de jazz de merda no Village ou coisa assim. Talvez eu lhe pagasse um *borscht* na Veselka às cinco da manhã, ou talvez eu andasse com ele pelo Battery Park ao nascer do sol, segurando sua mão, sabendo que eu me tornaria aquela que acreditaria nele. Eu falaria com ele que ouvi sua música, li sua poesia, não aquela porcaria que sua banda acaba de apresentar, mas aquelas letras de amor e as músicas que você compôs para Tris. Eu sei do que você é capaz, e certamente é mais do que ser baixista de uma banda gay mediana — você é melhor do que isso; e, cara, arrume um baterista, é fundamental, vocês precisam de um. Eu seria a roadie deles toda noite, sem reclamar. Mas não, ele é do tipo com um complexo pelo tipo da Tris: peitos enormes, risada idiota, a festeira. Literalmente.

Você queria que fosse algo fácil — bom, você conseguiu, meu camaradinha.

Arranco o pulso da mão dele. Mas, por algum motivo, em vez de me afastar, eu paro por um momento e coloco a mão novamente em seu rosto, acariciando sua bochecha, traçando círculos leves em seu queixo com o indicador.

E digo a ele:

— Pobre coitado.

3. NICK

Quando Tris passa por mim, é como se o mundo não fosse mais tridimensional. A terceira dimensão se dissolve, depois a segunda; só o que me resta é uma dimensão e essa dimensão é ela.

Mas é claro que também há outra dimensão, e essa dimensão é o tempo, que continua passando, Tris continua andando, todas as outras dimensões voltam e, embora agora haja mais, parece haver muito menos.

E eu fico com essa garota, a musa dos sinais confusos, essa Norah. Ela beija bem pra caralho, mas claramente tem problemas enormes de coerência. Pergunto como é que ela conhece a Tris, porque isso está me deixando totalmente confuso, e no começo ela fica olhando para mim como se eu fosse o cara que ela não acabou de beijar do nada, mas depois coloca a mão no meu braço de um jeito que me faz perceber que eu tenho mesmo um braço, depois está se afastando e ao mesmo tempo olhando para mim como se eu fosse uma criança com câncer. Depois eu pego o braço dela e ela resiste sem realmente resistir. Por fim, ela se afasta, só para tocar meu rosto de um jeito que me lembra exatamente o beijo dela.

Depois me chama de "pobre coitado".

E, como só um pobre coitado faria, eu pergunto:

— Por quê?

Sei que ela sabe de alguma coisa, mas não diz. Em vez disso, ela fala:

— Tenho que ver minha amiga.

— Vou com você — me ofereço. Eu sei que Tris está em algum lugar atrás de mim, talvez esteja até olhando. E não é que eu não tenha nada melhor para fazer do que seguir uma garota que beija bem para onde ela quer ir. Dev está subindo no palco para ser dançarino do Hunter, e Thom e Scot não estão em meu campo de visão.

— Vamos combinar uma coisa — diz Norah. — Você nos dá uma carona, e eu te dou dois minutos além de sua oferta original.

— Sete é o meu número da sorte — eu digo a ela.

E ela fica só olhando para mim.

— É sério — eu digo. — Como você conhece a Tris?

— Eu avacalhei com as Barbies dela no sexto ano — ela me diz. — E foi assim desde então.

— Você é de *Englewood*?

— Englewood *Cliffs*. Englewood é aquele lugar que tem casas mais simples.

Ela agora passa pela multidão e eu a sigo.

— Ela estava aqui há um segundo — diz ela.

— Quem?

— Ela não. Caroline. Quer dizer, cala a boca um pouquinho para eu poder pensar direito, está bem?

Como se o fato de eu ficar quieto fosse fazer com que ela de repente fosse capaz de ouvir todos os passos que são dados neste clube.

Enquanto ela está olhando em volta, eu faço o movimento idiota de olhar para trás e vejo Tris e seu modelo novo se agarrando. Ela está tão gata com a camiseta dos Ramones e as meias douradas que eu sempre pedi a ela para usar porque fazem com que ela pareça algo extraído de um gibi da Marvel. Lembro de tirar essa camiseta, de tirar as meias dela — ela gritando *cuidado, cuidado*! enquanto eu começava a abrir suas coxas. E agora são as mãos de outro cara que estão desbravando o mesmo caminho, tocando seu rosto perfeito e descendo pelo queixo pronunciado e — ah, que merda — caindo no vão embaixo daquela minissaia simplesinha e provocante.

E ela fica olhando para mim o tempo todo. Eu juro que ela está olhando para mim.

Eu me viro e Norah não está ali, mas por sorte está a poucos metros de distância. E a menina que ela procurava me parece meio familiar. Não de um jeito *Não Fizemos Colônia de Férias juntos?*, mas algo tipo *Não pisei em você para entrar no banheiro masculino ontem à noite?* Agora ela está pendurada no cara do Are You Randy? como se estivesse se candidatando a ser um bolso no casaco dele. Eu sei que ele está pronto para costurar a garota. Só que a minha Namorada de Sete Minutos está no caminho. Grita o nome de Caroline como só uma irmã mais velha diria e, pelo ressentimento que aparece nos olhos de Caroline, eu acreditaria que elas eram irmãs se Norah já não a tivesse chamado de amiga. Também achei, por uma fração de segundo, que elas poderiam ser namoradas, mas algo na expressão de Norah deixa claro que elas eram amigas sem outros benefícios.

Caroline está prestes a dizer algo hostil, mas de repente Hunter e Dev atiram-se num cover de merda do Green Day e todos voltamos a ter sete anos e dançamos como se cuspíssemos a Ritalina enquanto mamãe não vê. Passamos a ser essa massa de paramécios agitados, conectados pela euforia, enquanto o guitarrista faz uns solos eletrizantes. Até Tris deve estar fazendo parte disso, e se nós dois participamos disso ao mesmo tempo, então significa que ainda estamos conectados de alguma maneira. Todo mundo nessa sala está conectado, menos Norah — ela é tipo a estátua que ninguém fez, uma estátua de alguém totalmente derrotado. Caroline dança encostada no cara do Are You Randy? como Deus ou Billie Joe Armstrong quis que ela fizesse. Procuro me desligar, mas há algo em mim que simplesmente não me permite. Penso que minha Namorada de Sete Minutos está precisando de ajuda.

— O que é que tá pegando? — eu grito. E ela olha para mim como se tivesse esquecido que eu existia. Isso quer dizer que ela também se esqueceu de montar a guarda para mim, então eu tenho um momento em que vejo as frases por trás de seus olhos. *Não posso fazer isso. É difícil demais, merda.*

Mudo minha pergunta. Eu digo:

— Está tudo bem? — E, com a mesma simplicidade, as frases dela aparecem atrás de uma tela. Mas eu sou curioso. Sim, sou curioso pra cacete.

— Por que não estaria? — questiona ela. — Acho que nosso tempo acabou.

— Não precisa mais da carona? — pergunto. Não me orgulho de usar minhas rodas para conseguir mais um tempo com uma garota complicada.

— Porra. — A música terminou e todo mundo está gritando. Eu mal a ouço gritar. — Me espera aqui.

Dev e Hunter já se colocam em posição, Dev curvado sobre as costas de Hunter enquanto mergulham juntos. Enquanto o cara do Are You Randy? usa as mãos para aplaudir, Norah coloca a mão no ombro de Caroline e se inclina para gritar em seu ouvido. O que se segue é uma daquelas batalhas com cabos-de-guerra sem corda, onde mede-se centímetro por centímetro para saber exatamente quem puxou e quem foi puxado. Não consigo ouvir nada até que Caroline grita.

— Eu não estou doida! — O que quer dizer que ela está; afinal, quem mais usaria uma frase tão ridícula para se defender? O cara do Are You Randy? está começando a entender e tenta sair do atraso se agarrando com ela. Mas seu instinto o derrota totalmente, porque a mão dele desvia em algum lugar perto do peito dela e este nunca é um terreno fácil para se ancorar. Nessa disputa, Norah dá um puxão em sua palma da mão peluda e Caroline logo cambaleia na minha direção.

Antes que eu entenda o que está acontecendo, Caroline tomba em cima de mim e eu a seguro. Depois ela vai baixando e sei que está prestes a vomitar em mim, mas em vez disso ela se levanta, me olha e diz:

— Seus sapatos são muito feios.

Agora Norah está ao meu lado:

— Vamos. — Ela deixa Caroline ali para que eu a carregue enquanto grita "Sai da porra do meu caminho" para as pessoas, afastando-as aos grunhidos. Meu coração sabe a direção que seguimos, porque algo em mim começa a bater, como se tivesse algo mais importante a dizer e, quando saio de minha cabeça por tempo suficiente para enxergar, surge alguém no nosso caminho e esse alguém é a garota que levou a chave do meu coração e a engoliu sorrindo.

— Preciso do seu carro — diz ela.

E é como se eu tivesse me esquecido o significado das palavras, porque eu só fico ali parado, olho Tris e penso *Ela está falando comigo* e de algum modo isso se traduz por *Ela está me dando uma chance.*

— Preciso ir a um lugar — ela me diz. — Prometo que trago de volta.

Procuro a chave no bolso. Estou pensando *Eu vou com você*. Estou pensando nas conversas no banco do carona compondo músicas dedicadas a ela em minha cabeça. Seu rosto iluminado pelas luzes do carro à noite — do painel, de faróis e da pista oposta. Me lembro demais disso.

Merda, eu a amava naquela época. E aquela *época* está se misturando ao *agora*. Estou pensando *Por que não?* Estou pensando *Ainda somos as mesmas pessoas*. E uma voz de fora de mim diz:

— Acho que o carro já está cheio. Não tem espaço para você, *Tris*. Me desculpe.

Esta é a garota Norah sorrindo agora, toda doçura transparente e luz.

— Como é? — pergunta Tris.

— Desculpe-me. Eu não falei com clareza. Vou tentar novamente. VAI SE FODER.

— Acho que dar o fora para foder é *seu* departamento, Norah. Agora por que não leva a Bebumzila daqui e acha uns fãs legais do Weezer para brincar de rock? Estou falando com o Nick, e não com você.

E eu estou pensando: *Ela está brigando por minha causa. A Tris está brigando por minha causa.*

Mas por algum motivo é Norah quem está passando o braço em mim e colocando a mão no bolso de trás da minha calça.

Estou prestes a afugentá-la, mas então Tris diz:

— Vamos lá, Nick... Nós estamos atrasados e preciso do carro. Vou pagar pela gasolina. — E agora entendo que não faço parte do "nós" dela. Fui exilado desse "nós".

— Vou achar o Randy — decide Caroline.

— Não vai procurar merda alguma — diz Norah, afastando o braço e entrelaçando no de Caroline. O que nos deixa naquela pose estranha de *vamos ver o mágico de Oz*, com Tris nos impedindo como a Bruxa Má do Oeste.

Ela pode me ganhar com tanta facilidade. Mas, em vez disso, ela bufa e diz:

— Pode ficar com ele, eu só quero o carro.

E com essa, Tris me larga para sempre. De agora em diante, toda vez que eu a vir, ela vai me deixar para sempre. Repetidas vezes, sem parar.

Norah tira a mão do meu bolso e sustenta Caroline com o corpo todo. Agora a fala é minha e mal consigo fazer isso. Não é que eu esteja bêbado, chapado ou alucinado. É só que estou derrotado. E isso prejudica todos os meus sentidos.

Só existe um acorde de esperança nessa cacofonia, e é o da garota que estou seguindo. Sei que posso dizer a ela para pegar um táxi — tenho a sensação de que ela pode muito bem pagar por ele —, mas gosto da idéia de sair e ficar com ela. Ela se despede do gerente do clube enquanto chegamos à porta e somos libertados na rua. A calçada está cheia de fumantes, conversando ou batendo as cinzas com pose. Recebo o cumprimento de cabeça de algumas pessoas que conheço vagamente. Normalmente, se eu saio com duas gatas, recebo também alguns olhares de admiração. Talvez por causa da raiva evidente entre Norah e Caroline, ou talvez porque todos pensam que eu sou gay — qualquer que seja o caso, não recebo mais cumprimentos do que um taxista receberia por fazer uma corrida.

Sei que devo oferecer ajuda a Norah para empurrar Caroline para frente, mas a verdade é que não estou com vontade de carregar ninguém, exceto eu mesmo. As ruas estão vazias. Eu estou vazio. Ou, não — eu estou cheio de dor. É minha vida que está vazia.

Me atrapalho com a chave. Tris não estará esperando por mim dentro do carro. Tris não estará esperando por mim nunca mais.

Eu não devia ter vindo aqui. Não devia ter ido a lugar algum em que ela pudesse me encontrar.

Estamos no meu carro.

— Mas que merda é *essa*? — pergunta Norah.

Eu dou de ombros e digo:

— É um Yugo.

4. NORAH

Então foi a isso que se reduziu minha promissora vida. A princesa judia de Englewood Cliffs, a imbecil da melhor aluna da turma que *escolheu* uma escola católica para meninas para acompanhar a melhor amiga só pela experiência, que *escolheu* dispensar a Brown. A menina que agora está prestes a ser solta no mundo, cujas possibilidades supostamente seriam infinitas, está no meio de uma noite de abril sentada no banco do carona de um Yugo que cheira a óleo de aromaterapia de patchouli de Tris. Talvez seja só o carro que não dá a partida, mas parece que é minha vida que não pega. Sim, o estado deste Yugo, com o metal do banco do carona atravessando o tecido rasgado do estofamento, arranhando minhas coxas, esta relíquia da Guerra Fria que não responde ao giro da chave na ignição, é como uma metáfora do estado de merda em que minha vida se encontra: AFOGADA.

Nick pode ser um deus do baixo, mas também é um deus do estacionamento, porque localizou uma vaga bem em frente ao clube, cuja conseqüência infeliz é que agora meus ouvidos obstruídos estão tendo o privilégio de ouvir a banda tocando lá dentro do clube; eles são bons pra caramba e isso me irrita de verdade. Não sei bem se atolei minha vida por entrar nesse Yugo com meu novo quase-namorado, ou se regredi por ter tido de sair cedo do clube para mais uma vez salvar Caroline, e não me importa como esta noite vai terminar, eu vou sair querendo mais música. Hunter ainda está no palco, mas agora ouço que Dev está junto e eles estão cantando um outro cover do Green Day com uma harmonia estranha, e desta vez a música é *Time of Your Life*. A Hunter Does Hunter acelerou o clássico de FM light (o que pode ser mais punk do que fazer uma música de elevador — obrigada, Billie Joe) com um andamento de música de sala de estar, e eu juro que há um DJ mixando um sample daquele anormal do Michael Jackson gemendo que *Billie Jean is not my lover, the kid is not my son*. Como é possível e por que isso parece tão bom? E se o Yugo não der a partida em um segundo eu vou dar o fora daqui, não ligo para o quanto estou tentada a experimentar mais sete minutos como a namorada de Nick depois de levarmos Caroline para a minha casa. Para um pobre coitado, ele é tentadoramente bonitinho.

— Ouviu isso? — pergunto a Nick.

— O quê? É o motor pegando? — O pobre coitado não só é bonitinho e bate cabeça bem quando dança, ele provavelmente também é um cara legal. Pelo menos demonstrou perícia ao manobrar a Caroline, deusa bêbada, no banco traseiro de um Yugo fodido e fazê-la pensar que foi idéia dela. Não vamos esquecer de que ele beija bem. E de fato merece bem mais do que a Tris — e um Yugo.

Digo a ele:

— Não, cara, preste atenção. Tá ouvindo esse estrondo martelado lá dentro do clube? Chama-se bateria. É, tipo assim, famoso como a base de som desde as culturas primitivas. — Eu toco bateria no porta-luvas do Yugo, que se abre com a minha batida. Uma Polaroid de Tris está colada na parte interna do compartimento. Eu a arranco. Mas que horror! Caroline não é paranóica — a Tris realmente *roubou* sua camiseta branca e cortada, com o autógrafo do Flea na área do peito esquerdo. Atiro a foto pela janela e me viro para Nick. — A merda da sua banda precisa de um baterista. Eu te vi se remoendo com o cover de *Chump* do Green Day que o Hunter fez mais cedo. Sei que você sabe que ritmo é algo mais do que suas habilidades de ter um ataque cardíaco no contrabaixo. Pense nisso. O que seria de *Chump* sem o Tres Cool? Arrume um baterista pra sua banda, cara. É sério.

Caroline ainda não estava na fase bêbada-carente, pós-vômito e pré-sono, o que significava que agora estava na fase inquisitiva. Então, logo na primeira deixa, lá do banco traseiro, ela se mete.

— É sério — porque Caroline sempre pega as frases de onde eu parei. — Motorista. Ei! — Ela bate no ombro de Nick. Ele olha para ela, mas rapidamente se vira para mim. Uma menina tão bonita com um bafo tão forte de tequila. Caroline quer saber: — Por que você usa sapatos tão feios, hein? Responde, motorista. Por favor?

— Os sapatos acompanham o carro, Caroline — eu digo a ela. — Os motoristas de Yugo precisam usar essa merda desse All Star todo rasgado e pichado nos pés. É tipo uma regra.

Está no manual. — Pego o manual do Yugo no porta-luvas. Um chiclete mastigado se estende na capa do manual até o compartimento. Pego o guardanapo do McDonald's enfiado dentro do porta-luvas e tiro o chiclete do manual. A merda da Tris e sua mania de mascar chicletes. Jogo o manual no banco traseiro para que Caroline leia.

Ela ignora a Sagrada Escritura.

— Você é iugoslavo, motorista? — pergunta Caroline a Nick. — Norah, é por isso que ele está levando a gente pra casa? Ele é taxista, né?

— Claro — eu digo a ela.

Ele será o taxista assim que esse táxi Yugo pegar. Estamos operando com uma janela de oportunidade limitada por aqui. Precisamos de dez minutos só para colocar Caroline no banco traseiro. Agora posso ver o Randy, zanzando do lado de fora do clube, fumando um cigarro e falando com Crazy Lou. Mas está olhando para o Yugo, pronto para cair em cima da Caroline novamente, eu sei disso, se esse Yugo não der o fora daqui logo.

— Ainda existe alguma etnia iugoslava? — pergunta Nick. — Agora que o país foi todo dividido? Foi uma merda séria o que rolou ali na Sérvia e Croácia, né? Uma vergonha. — Ele sacudiu a cabeça e apoiou sua mão na ignição, como se tivesse desistido. Nick bateu a cabeça no volante, depois socou o punho na alavanca de marcha. Ele está arrasado. Não agüenta mais. O carro não vai a lugar algum. Ele parece tão deprimido e derrotado, que não tenho coragem de criticá-lo por agir como se lamentasse pela Iugoslávia quando era tão evidente que ele lamentava pela Tris.

Caroline nos informa:

— Eu sou parte iugoslava, sabia? Do lado de meu bisavô paterno.

Eu digo a ela:

— Você também é parte da Transilvânia, sua imbecil. Fique quieta. Preciso pensar. — E agora, como é que a gente vai pra casa? E por que eu tinha que levar Caroline pra casa, aliás? Tem um gato sentado do meu lado, mesmo que ele seja um rejeitado da Tris, ele tem potencial para ser modelado. Aqui estou eu em Manhattan, como diz a música do Stevie Wonder preferida do meu pai: *New York, just like I pictured it — skyscrapers, and everything*. Devia estar *dando* alguma coisa aqui, e não a merda afogada do Yugo. Pelo pára-brisa do carro, posso ver o Empire State Building, iluminado de rosa e verde para a Páscoa. Sou lembrada de que Jesus morreu pelos pecados de Caroline, não pelos meus — eu sou de uma tribo diferente —, então por que estou salvando o rabo dela quando podia estar do lado de fora desse Yugo, vivendo um pouco? Eu nem usei direito aqueles dois minutos a mais como namorada do Nick.

Caroline diz:

— Você não é minha chefe, Sub Z.

É instinto, não posso evitar. Eu me viro para encarar a Bafo de Dragão e rebato:

— Não me chame assim! — Ela ri, satisfeita por ter conseguido me alterar.

A risada de Caroline misericordiosamente se transforma em um cochilo. Pelo reflexo do retrovisor do carona, vejo que ela parece estar caindo no sono, com a cara encostada na janela traseira. Nunca a vi desmaiar sem antes vomitar. Nick e seu Yugo podem ter propriedades mágicas, afinal. Por favor, que isso dure até conseguirmos voltar para Jersey.

Um ronco pesado vindo do banco traseiro anuncia que Caroline está realmente apagada. SIM! Cristo, obrigada — por esta pausa temporária e, olha, vou ser mais grata pela história de morrer-por-meus-pecados também. Você é DEMAIS, JC! Não vou nem me estressar com o fato de que, depois de chegar em casa, terei de dormir ao lado da Bafo de Dragão, para ter certeza de que ela não se engasgou com o próprio vômito enquanto dormia. De novo.

— Menos um problema — eu digo a Nick. Coloco a mão esquerda na direita dele, que está agarrada na alavanca de câmbio. — Agora, o que vamos fazer para resolver este outro aqui?

Ele se encolhe um pouco com meu toque e afasta a mão para girar a ignição mais uma vez. Não sei mesmo por que eu toquei a mão dele.

Ele quer saber:

— Por que você estragava as Barbies da Tris? — E agora eu estou tipo assim, que merda, este é o preço do sacrifício por Caroline desmaiar inesperadamente cedo: Nick chegar à fase de melancolia que em geral se segue à fase inquisitiva de Caroline. — Tenho três irmãs e sei que é coisa séria mexer nas Barbies de uma garota. — Tá legal, talvez ele não esteja melancólico, porque seu sorriso sarcástico me diz que ele voltou a ser uma criatura irônica, tão típica de meninos que tocam em bandas alternativas. E é incrível como isso, de alguma forma, me dá uma vontade louca de arrancar as roupas dele.

Ainda assim, sei que ele está procurando por informações, mas não vou entrar nesse papo da Tris com ele. Simplesmente não posso. A Sub Z pode causar muitos danos à psique masculina numa noite só.

Por outro lado, talvez eu possa fazer de Nick um projeto, desintoxicá-lo da Tris, reabilitar o cara, colocá-lo num programa de imersão em boa namorada. Eu gosto do número sete — a gente pode namorar, superfofos e lindos, por sete dias em vez de sete minutos. Depois eu o liberto, sem a bagagem da Tris, moldado e aperfeiçoado no cara incrível que sei que está por trás desses olhos pesados-pela-Tris. Ele será meu presente à humanidade, um espécime masculino ideal, como músico e namorado. Vou mandá-lo de volta ao mundo totalmente livre de ironias, sem considerar mais todas as mulheres desdenhosamente com potenciais para Tris. Agora, quem é o máximo, JC?

Um furgão branco atravanca a rua de mão única na direção errada, parando diante do hidrante, bem na frente do Yugo.

— Ah, graças a Deus — diz Nick.

Que interessante. Estamos sintonizados na história da intervenção divina. Será o destino?

Um homem sai do furgão e eu o reconheço, é o cara que ficou com o integrante não-vocalista da banda de Nick depois do show deles. Só flagrei um minuto do beijo deles antes de ter de virar a cara. A Sub Z se amarra em assistir a dois homens se beijando. Não vejo por que comer com os olhos um beijo entre pessoas do mesmo sexo deva ser domínio exclusivo de universitários que babam com pegação lésbica;

isso é tão sexista. O feminismo devia incluir todo mundo — devia tratar da liberação sexual, remuneração igual para trabalhos iguais e o direito fundamental da mulher de apreciar dois homens se pegando.

Se não fosse pelo beijo realmente quente que testemunhei entre esses dois caras, eu podia não ter respondido ao pedido de Nick para ser sua namorada por cinco minutos puxando a boca dele para a minha. Parece que aconteceu há anos, e não há minutos, com a Bafo de Dragão e o Yugo afogado, e, aliás, POR QUE eu estou me dedicando tanto a pensar em ficar suspensa no tempo e no Yugo com esse Nick? Ele é louco pela TRIS!

O namorado do cara da banda — ele é tão emo que é praticamente um Muppet — se inclina na janela aberta de Nick. E diz a ele:

— Levanta o capô e vamos tentar uma chupeta nesse bebê.

— Tá — diz Nick, como se fosse algo rotineiro. — Valeu, Scot.

Scot olha para mim. E diz:

— O Thom podia ter alguma ajuda no furgão, se não se importa.

Que porra é essa? Sei lá.

Eu dou de ombros e saio do carro, enquanto Scot levanta o capô do Yugo para prender os cabos da chupeta. Eu passo por Randy, que está encostado na parede do clube, e aceno para ele, só por acenar mesmo. Depois subo no banco do carona do furgão e vejo o equipamento da banda lá atrás. Eu *sabia* que a banda de Nick tinha um furgão! Por que eu não especifiquei — um *furgão*, e não o Yugo, para Jersey?

O cara sentado no banco do motorista diz:

— Oi. Meu nome é Thom. Com "h".

Eu digo a ele:

— Eu sou Gnorah. Com "g". O "g" é mudo. Como em "gnomo".

— É mesmo? — diz Thom.

— Não, não é verdade. Eu tenho um "h" também. No final. Costumava ser só N-O-R-A, mas tive o H legalmente acrescentado a meu nome depois que meu pai não conseguiu assinar com a Norah Jones, quando teve a chance. Eu não gosto que ele se esqueça dessas coisas com facilidade.

— É mesmo? — perguntou Thom de novo.

Não é nada disso.

— É mesmo — eu digo. — Mas nem imagino por que estou nesse furgão para falar da letra H. O que é que tá rolando?

Thom me passa uma nota amassada de cinqüenta dólares. E diz:

— Scot e eu rachamos. Vimos aquele beijo entre você e Nick. — O Thom não é o vocalista da banda, mas pode incorporar a Aretha, não como o En Vogue, na versão de uma música quando canta, "*Giving him something he can feel!*"

— Não entendi — eu digo.

O capô do furgão obstrui a nossa vista, mas podemos ouvir os estalos do motor do Yugo ameaçando ganhar vida.

— Não tenho tempo para explicar — diz Thom. — Digamos apenas que Scot e eu temos ódio mortal da ex do Nick e gostaríamos de dar a ele alguma ajuda para tocar a vida. Então, por favor, fique com o cara hoje à noite, veja a cidade, veja o banco traseiro do Yugo, eu não ligo, só fique com nosso amigo esta noite, por favor. Já chegamos à conclusão de que gostamos de você e que você vai ser a salvação do Nick. Sem pressão nem nada.

Os elogios podiam levar o cara a qualquer lugar e eu estava querendo ser a salvação agora, mas:

— Não posso — eu disse a ele, embora estivesse bem tentada a ficar com Nick. Não faço idéia do que aconteceria se eu me atrevesse a outro toque em sua mão — ou em outras partes, como aquela boca de Não-Homo muito gostosa. — O Nick está me dando uma carona, me ajudando a levar minha amiga que está bêbada até Jersey. Ela está dormindo no banco traseiro do Yugo agora.

Thom diz:

— Temos um colchão na parte de trás do furgão. Vamos fazer uma troca. Nós a levamos para casa se você ficar com Nick esta noite.

Concluo que vale a penar viver um pouco.

— Combinado — digo a ele. Coloco a nota de cinqüenta no bolso da calça, depois escrevo o endereço da minha casa na mão de Thom. Digo a ele onde encontrar a chave da casa, debaixo do vaso de planta, e que não se preocupe com meus pais — provavelmente darão uma gorjeta por levar Caroline para casa e me fazer sair com um ser vivo. Não estou me sentindo nada frígida em relação ao Nick. Nem me lembro da última vez em que tive expectativa — não do sexo (necessariamente), mas de conhecer uma pessoa nova e deliciosa, mesmo sendo um pobre coitado.

Então nos acertamos e eu saio do furgão com Thom, que obriga Scot a ajudar a transportar Caroline do Yugo para o furgão. Mas depois que estou de volta ao Yugo, não tenho oportunidade de explicar a Nick a nova ordem das coisas no meio da noite.

Porque, pelo pára-brisa, eu vejo que Randy está encostado na parede trocando um cumprimento de mano com um recém-chegado que, por acaso, é o cara que fodeu com minha cabeça e me transformou em Sub Z no ano passado. Ao que parece, o verdadeiro sobrinho do tio Lou não sobreviveu a seu primeiro ano no *kibutz* da África do Sul. O chamado da verdadeira selva — Manhattan — deve ter sido demais para ele. E que merda, o Ex do Mal me viu e agora está ao meu lado na porta do carona do Yugo, dizendo:

— E aí, gata, pronta para recomeçar de onde paramos?

5. NICK

Nunca pensei que Jessie me trairia desse jeito. Não fiz nada além de amá-la e tratá-la bem. Me coloquei ao seu lado e a defendi quando as pessoas a chamavam de lixo e diziam não entender por que eu ficava com ela. Pensei que isso significasse alguma coisa. Mas não. Agora, quando mais preciso dela, ela me deixa na mão. Eu giro a chave, giro a chave, giro a chave e ela não faz porcaria nenhuma. Daria para eu estar mais abandonado agora? Até meu carro decidiu desistir de mim.

Eu podia ficar muito puto com ela. Mas estou principalmente com medo. Que seja isso mesmo — terminal. Que a gente possa descarregar energia nela até que as luzes se apaguem em Manhattan, e ela permaneça ali parada. Sem piscar. Não posso pagar por outro conserto. Se é assim, já era.

Não estou prestando muita atenção ao fato de Scot e Thom estarem retirando Caroline do banco traseiro. Depois de todo o tempo que levamos para colocá-la ali. Mas posso entender o impulso de abandonar o barco.

Estou prestes a ajudar Scot a conectar os cabos quando um cara que nunca vi na vida se inclina na janela de Norah e diz, "E aí, gata, pronta para recomeçar de onde paramos?"

Que-porra-é-essa?

Tá legal, talvez eu ande com uma galera gay e tal, mas ainda assim... nunca, jamais, nem em um zilhão de anos teria imaginado que um cara podia usar a expressão, "e aí, gata" ao falar sério. Ele diz isso como se estivesse assoviando para os peitos de uma mulher enquanto ela passa na rua. Quem faz isso?

Espero que Norah o coloque em seu lugar. Mas, em vez disso, ela fica paralisada. *Desvia o rosto*, como se pudesse ignorar sua participação nisso. Por alguma lógica, deveria significar que ela agora está olhando para mim, uma vez que estou a 180 graus do visitante que não convidamos. Mas, em vez disso, ela focaliza o painel, o lugar onde deveria estar o isqueiro. E eu acho que fico um tanto surpreso, porque estava começando a parecer que íamos a algum lugar juntos. Que isso não ia ser uma carona para casa. Agora está se tornando uma carona para lugar nenhum, e fico triste que esteja tão fora de meu alcance.

— Gata, eu voltei — continua o cara. — Que tal sair desse ferro-velho e me cumprimentar?

Agora, uma coisa é tentar azarar Norah no meu banco do carona. Mas meter Jessie na história é outra bem diferente.

— Posso ajudar? — pergunto.

Ele fica olhando para Norah enquanto fala comigo.

— Pode, camarada. Acabo de voltar para os Estados Unidos e estava procurando por esta menina aqui. Pode abrir mão dela por um minutinho?

Ele estende a mão para a janela, destranca a porta e a abre.

— Voltaremos logo — continua ele. E eu estou prestes a dizer a Norah que ela não precisa fazer coisa alguma. Mas justo aí ela solta o cinto de segurança. Imagino que seja uma decisão da parte dela... Até que ela não acompanha este movimento com outro. Simplesmente fica no carro.

— Gata... — Ele ronrona enquanto estende a mão para Norah, como se ela fosse uma criança numa cadeirinha. — Senti tanto a sua falta.

Eu giro a chave na ignição. Nada de dar partida. Scot vem até minha janela, olha dentro do carro e diz:

— Problemas por aqui?

Agora é para *Scot* que Norah olha. E por algum motivo isso a traz de volta à realidade.

— Tal — diz ela com uma agudeza reservada aos talheres —, você não sentiu minha falta nem por um minuto. Você nunca tirou um segundo que fosse de toda sua vida ridícula para sentir falta de mim. Pode ter sentido falta de foder com minha cabeça e pode ter sentido falta da satisfação que você evidentemente tem em me deixar mal, mas são de suas emoções que você sente falta, e não das minhas. Acho que não posso te ajudar.

— O que é isso, gata — diz Tal, inclinando-se para ela. Ela se encolhe no banco. Posso sentir que Scot está prestes a dizer alguma coisa, mas eu falo primeiro.

— Cara, ninguém encosta a *gata* numa parede — eu digo. — Desgruda da porra do meu carro.

Tal ergue as mãos, afastando-se da porta.

— Deixe que a menina escolha — diz ele. — Eu não tinha percebido que ela já estava estragando a vida de outro sujeito. Espero que você tenha mais sorte do que eu tive.

— Babaca — murmura Norah.

Tal ri.

— Um carro de merda: cinco dólares. Valor da opinião de Norah: três centavos. A ironia de ouvir Norah me chamar de babaca: *não tem preço*.

— Dá. O. Fora, se manda — diz Norah.

— Como é? Está com medo de que eu conte a verdade? — Tal agora olha para mim. — Não se engane, parceiro. Ela anuncia um ótimo jogo, mas quando você realmente entrar em campo, vai perceber que está *vazio*.

De algum lugar atrás do capô, Thom grita:

— Cavalheiro, dê a partida!

Não encontro uma maneira de rezar a Deus ou a algum ser superior. Mas me sinto muito à vontade rezando para Jessie, e neste momento dedico todo o meu lado evangélico a ela.

Por favor, ligue. Vou comprar gasolina premium para o mês que vem se você, por favor, por favor, por favor, ligar.

Giro a chave na ignição. Há um leve estalo. E depois...

Jessie está falando comigo de novo. E está dizendo *Vamos dar o fora daqui.*

— Eu adoraria ficar para conversar — eu digo a Tal —, mas temos um lugar para ir.

— Legal — diz Tal, fechando a porta com mais gentileza do que eu teria esperado. — Mas não diga que eu não avisei. Você está namorando a mulher de lata. Se procurar um coração, só vai achar ar viciado.

— Obrigado pela dica! — eu digo com uma animação fingida.

Ele estende a mão pela janela e toca o rosto de Norah, mantendo a mão ali por um momento.

— Gata, é só você — diz ele. Depois vira-se para a calçada e vai para o clube.

— Parece um cara legal — eu digo. Norah não responde.

Scot se inclina em minha janela.

— Não se preocupe com sua amiga — diz ele. — Vamos levá-la para casa. Vocês dois tratem de se distrair, ouviram?

— Pode apostar — eu digo a ele, embora Norah não demonstre que possa se divertir.

Thom bate o capô e faz sinal de "tudo bem" para mim. Depois ele e Scot voltam de mãos dadas para o furgão, os cabos da chupeta pendendo de seus ombros como uma jibóia.

Norah não se mexe para recolocar o cinto de segurança. Não sei o que isso significa. Ela se vira para olhar a porta do clube.

— Você está bem? — pergunto.

— Sinceramente, não faço idéia — diz ela.

Engato a ré em Jessie e libero a vaga para quem chegar. Me dá alguma satisfação saber que minha partida será a sorte de outra pessoa.

É só quando pego a rua que percebo que não sei para onde vamos.

— Quer que eu te leve para casa? — pergunto.

Tomo o silêncio dela como um não. Afinal, querer ir para casa é o tipo de coisa sobre a qual falamos.

Continuo falando sem parar.

— O que você quer fazer?

Esta me parece uma pergunta simples e direta. Mas ela olha para mim com total incompreensão, como se eu fosse um daqueles indicadores da Bolsa de Valores.

Tento de novo.

— Está com fome?

Ela só leva a mão à boca e olha pelo pára-brisa.

— Está com sede?

Imagino que ela esteja contando os postes da rua.

— Sabe de alguma outra banda tocando?

Voam rolos de capim seco no braço da poltrona entre nós.

— Quer ver umas freiras se agarrando?

Estou mesmo falando em voz alta?

— Talvez ver se o ET está disposto a um amor a três?

Desta vez ela olha para mim. E apesar de não estar exatamente sorrindo, pelo menos acho que havia potencial para um sorriso ali.

— Não — diz ela. — Prefiro ver umas freiras se agarrando.

— Tudo bem, então — eu digo, virando o carro de volta ao Lower East Side. — Hora de um pouco de diversão.

Eu digo isso com alguma autoridade, embora eu tenha apenas uma remota idéia de onde vou. Dev uma vez me falou de um lugar onde strippers vestidas de freiras faziam uma paródia de *Climb Ev'ry Mountain*. E esse era só um dos atos.

Imaginei que era kitsch demais para ser pervertido — e parecia estar nos planos de Norah agora. Até onde eu entendi.

Enquanto atravessamos a Houston, Norah estende a mão e liga o rádio. Aquela velharia de batom preto: The Cure, *Pictures of You* — faixa quatro do meu Mix de Desolação do Rompimento.

Esta, e cada uma das outras músicas do disco, é dedicada a Tris...

E se esta é a trilha sonora, minha mente e meu coração dilacerado colaboram para me passar o filme — aquela noite em que ela estava tão cansada e disse que precisava se deitar, então ela pulou no banco de trás e se deitou. Pensei que eu a havia perdido, mas cinco minutos depois meu celular tocou e era ela, me ligando do banco traseiro de meu próprio carro. Numa voz sonolenta, disse que se sentia segura e confortável, que estava se lembrando de todas as viagens que fazia com os pais, de carro, tarde da noite na volta das férias, e que ela se esticava e sentia como se eles a estivessem levando para a cama, sem estranhar o movimento da estrada sob as rodas, e os galhos de árvore agitando-se pelo pára-brisa. Disse que, graças àqueles momentos, parecia que o carro da família era sua casa e que talvez eu a fizesse se sentir da mesma forma.

Por fim ela dormiu, mas eu fiquei com o aparelho no ouvido, tranqüilizado por sua respiração ao fundo. E, sim, aquilo era como estar em casa. Como se tudo estivesse em seu lugar.

— Não preciso disso agora — disse Norah. Mas não mudou de música.

— Já pensou no nome deles? — pergunto, só para puxar assunto. — Quer dizer, pra quê?

— Do que está falando?

— The Cure. Eles acham que são a cura pra quê? Tipo, a felicidade?

— Isso está vindo do baixista de *The Fuck Offs*?

Não consegui evitar. Penso, *Pô, ela sabe nosso nome.*

— Dev está pensando em mudar para The Fuck Ons — eu disse a ela.

— Que tal simplesmente Fuck On?

— Talvez numa palavra só? Fuckon?

— The Friendly Fuckons?

— My Fuckon Or Yours?

— Por que ele é um Fucking Fuckon?

Olhei para ela.

— Isso é um nome de banda ou uma declaração?

— Ele não tinha o direito de fazer aquilo. Nenhum.

Caímos em silêncio de novo. Rebato com uma pergunta no ato.

— Então, quem é ele?

— Um ex — ela diz, afundando um pouco no banco. — O ex, eu acho.

— Tipo a Tris — eu digo, estabelecendo uma comparação.

Ela se senta direito e me lança um olhar diabólico.

— Não. Não é tipo a Tris mesmo. Isso foi pra valer.

Eu paro por um segundo, ouço nosso colapso brincando por baixo da conversa.

— Isso foi cruel — eu digo. — Você não sabe do que está falando.

— Nem você. Então vamos deixar pra lá. Eu devia fazer você se divertir.

Tomei esta última frase como um pedido de desculpas. Principalmente porque era o que eu queria ouvir.

Agora passeio pelo Lower East Side, nas ruas que têm nomes, não números. A noite ainda é muito jovem aqui, os hipsters reunidos exalando sua fumaça de calçada em calçada. Encontro uma vaga no lado mais escuro da Ludlow, depois convenço Norah a refazer os passos de Jessie até que nos deparamos com uma porta cor-de-rosa.

— Câmera Obscura? — pergunta Norah.

Eu assinto.

— Que venham as freiras — diz ela.

Não sei bem se eu devia bater ou só abrir a porta. A resposta me é dada na forma de um leão-de-chácara fortão vestido de coelhinha da Playboy.

— Identidade? — pergunta ele.

Pego a carteira de habilitação do meu primo de Illinois, conquistada durante um desafio particularmente intenso de Xbox.

Norah bate nos bolsos. Nada.

E quando eu penso, *Ah, merda*, ela diz as mesmíssimas palavras.

6. NORAH

Ah, porra. PORRA PORRA PORRA POOOOOORRAAAA!!!!!

Mandei a carta pelo correio dispensando a admissão na Brown hoje de manhã. E só agora, no meio desta noite (ou será madrugada, e porque o tempo pára quando vejo Tal?) só agora entendi. O *kibutz* na África do Sul: UM PUTA ERRO. Tipo assim, IMENSO. O que é que eu estava pensando? Então a gente terminou cinco vezes nos últimos três anos. De algum modo, no fundo de minha mente, estava a idéia de que ou (1) Tal e eu ajeitaríamos as coisas da próxima vez, e que melhor lugar para fazer isso do que longe de nossas famílias e amigos numa comuna lá no cu do mundo, ou (2) não íamos ajeitar as coisas mais uma vez, mas eu seria a melhor trabalhadora que o *kibutz* veria na vida; e, como bônus, Tal morreria de ciúme quando eu me apaixonasse loucamente por um surfista lindo da Cidade do Cabo e o deixasse semeando hortas, enquanto eu fugia do *kibutz* para andar pelo mundo de mochila nas costas com meu novo amor surfista, que com sorte teria um nome lindo, como Ndgijo.

Só que isso jamais teria acontecido comigo. Como uma garota notoriamente inteligente se mete nessa confusão, à beira da idade adulta, sem nenhum futuro a que se agarrar? Nestas últimas semanas senti tanta falta de Tal quanto lamentei por ele ser o Ex do Mal. Prendi-me à esperança de surpreendê-lo aparecendo na África do Sul e, no entanto, ele ESTAVA BEM AQUI diante de mim em Manhattan. O que eu fiz? Paralisei. De repente todas as minhas fantasias de reconciliação se foram. De repente só do que eu conseguia me lembrar era que eu nunca fui suficientemente boa para ele, nem judia o bastante, política o bastante, comprometida o bastante. Tal não era um sujo mentiroso e traidor como a Tris, mas a quem eu estava enganando? Ele foi, como Caroline gosta de me lembrar, um "controlador nojento". Então lá estava eu, num Yugo fodido, ao lado do pobre coitado a quem fui apresentada, me agarrando com ele, e finalmente tive o momento de clareza que minha mãe, meu pai e Caroline esperavam que eu tivesse desde os meus 15 anos: CHEGA! Caroline estava certa o tempo todo. Tal e eu ficávamos melhor levando a vida separados.

Ah, merda. Eu disse isso em voz alta? Estou tentando prestar atenção no Nick, mas não consigo evitar que as palavras de Tal na frente do clube se repitam constantemente em minha mente: *Ela anuncia um ótimo jogo, mas quando você realmente entrar em campo, vai perceber que está vazio.*

A Mulher de Lata! Tal me chamou de a merda da Mulher de Lata! Perdi minha virgindade e toda a minha juventude com ele, e é assim que ele me vê? Pelo menos posso ficar grata porque, quando voltou da África do Sul para Manhattan sem contar a ninguém, Tal podia ainda não ter recebido minha carta; tinha acabado de colocar no correio. Eu estava tão sentimental naquela época, que mandei a carta por correio internacional quando podia ter simplesmente mandado um e-mail para ele. Ainda desenhei carinhas sorridentes no envelope! Ah, meu Deus, eu quero vomitar agora mesmo.

Norah, por que você é uma cretina idiota? Uma noite, na semana passada, eu segurando o cabelo de Caroline para trás enquanto ela vomitava no banheiro, sentindo-me solitária e perdida — por mim, não por Caroline; afinal, ela tinha um exército de caras do lado de fora do banheiro esperando seu porre passar —, eu deixei o lado sombrio de minha mente vencer o meu lado Tal. Enquanto Caroline, mais tarde, dormia na cama extra que tem para ela no meu quarto desde o jardim de infância, eu escrevi para Tal. Teria sido culpa de toda a cafeína que consumi andando pela noite com Caroline, ou era a marola do clube de reggae onde passamos a noite? O efeito pode ser mais mortal do que o de tragar, pelo menos quando passa a prejudicar minha capacidade de distinguir entre o desejo solitário pelo Ex do Mal e realmente tentar voltar com ele.

Espero que Tal nunca descubra que a Mulher de Lata estava pronta para se comprometer. Eu não disse diretamente que queria voltar. Mas falei que estava disposta a pensar no assunto. Contei a ele que podia ser vegan. Podia ser mais judia. Podia ser uma porra de vegan kosher! Eu podia aprender a me importar com o salvamento da lontra-marinha e só beber café politicamente correto. Eu podia acreditar que Tal e os irmãos dele em Tel Aviv realmente tinham talento e se tornariam o próximo sucesso, uma versão mais velha, de inspiração punk, pró-Israel, foda-se-a-Europa e politizada do Hanson. Eu ia pelo menos cogitar morar com sua mãe psicótica, controladora e infeliz em Tel Aviv, depois que Tal começasse seu serviço obrigatório ao exército israelense no ano que vem e, ah, tudo bem, ela podia me ensinar a preparar as refeições de que ele gosta e a pendurar a roupa de cama no varal ao sol, para que os lençóis sempre ficassem limpos e frescos.

Aquela porra de carta! Merda! Eu era como Saddam Hussein no filme do *South Park*, jurando a Satã, *Eu posso mudar! Eu posso mudar!*

Não. Eu não posso mudar. Eu não devia mudar.

Caroline pode ser uma bebum e uma vaca, mas não é uma completa idiota. Ela me implorou para eu não colocar a carta no correio, mas não dei ouvidos. "Mas que merda é essa de você ter que se mudar?", disse ela. "*Ele* é que devia se mudar, aquele filho da puta metido a besta. Por que você está fazendo isso? Se você precisa de um protesto de final de adolescência, não podia só acabar com o Jaguar do seu pai no Palisades Parkway ou coisa assim? Vai mesmo ressuscitar você e Tal, o casal pesadelo, mais uma vez? E vai deixar Brown de lado por isso? Norah, você sabe que vai conhecer outro, não sabe?" Só que não acreditei nela — até esta noite.

Será que Caroline estava bem agora, desmaiada no furgão de um amigo do Nick? Eu me pergunto se o celular dela está ligado. Preciso falar com ela que Tal voltou! Agora estou fodida, mas pelo menos uma fodida consciente.

— Norah? — O leão-de-chácara de coelhinha da Playboy responde a meu *Ah, merda*, o que não me dá alívio algum, porque eu não tenho uma identidade falsa. Quando seu pai é o conhecido chefe de uma importante gravadora, isso tende a não ser necessário na maioria dos clubes em Lower Manhattan.

— Toni? — eu digo. Ela(e) me agarra com um abraço. Toni foi estagiário do meu pai no ano passado enquanto decidia se ela(e) queria fazer carreira na indústria da música; também foi meu maior defensor(a) em minha campanha inútil (até agora) para convencer papai a produzir um disco em homenagem às Spice Girls com todas as bandas punk. — Ainda trabalhando naquela demo?

Ela(e) saca um CD preso por dentro do rabo em pompom nas costas.

— Acabei de terminar! Vai entregar para mim?

— Claro — eu disse, na esperança de que Nick não me interrogasse sobre quem eu era, uma garota usando camisa de flanela, 18 anos de idade, batendo papo sobre entrega de demos.

— Vá direto para a área VIP — diz Toni. — Vou cuidar para que seus drinques sejam por conta da casa.

— Eu não bebo — lembrei a Toni.

— Ah, divirta-se um pouco — disse ela(e), batendo nos meus quadris. — A Srta. Caretice deve avançar o sinal pelo menos uma vez na vida. — Toni se virou para Nick. — Illinois? 23 anos? Dá um tempo, cara. Mas divirtam-se, meninos.

Ela(e) deu um tapa brincalhão na bunda de Nick enquanto entrávamos e ele não reagiu como Tal, que teria devolvido o tapa com um murro numa drag queen por ousar tocar nele. Em vez disso, Nick ri e se vira para retribuir o gesto na bunda de Toni. Ela(e) rebola de volta.

— Gosto desse, Norah! — ela/e diz. — Um avanço incrível. Bom sujeito.

Comparado com o quê — com o tipo azedo e detestável, que naturalmente se presumiria que Tris passou adiante?

Sentamos a uma mesinha que milagrosamente ficou vaga enquanto nos aproximávamos. Mas que droga, meu coração realmente palpita por um instante quando Nick puxa a cadeira de madeira para mim. Quem faz isso? E por que esse gesto simples por um momento me faz esquecer que eu estou MUITO PUTA e MINHA VIDA ACABOU? Sou distraída de meu mal-estar com Tal pelas freiras interpretando *Climb Ev'ry Mountain* no palco e me vejo rindo, de repente tendo uma imagem mental de mim e Nick em uma suruba com o ET. Sinto o esboço de um sorriso em meus lábios, e um arrepio nada frígido se espalha por meu corpo. Nas luzes de néon intermitentes e com a distração do show no palco, eu finalmente tenho a oportunidade de verdadeiramente avaliar Nick. Admiro sua jaqueta vintage de frentista de posto de gasolina com o nome "Salvatore" em estêncil por cima do logo da Texaco, e admito querer passar os dedos por seu cabelo embaraçado. Ele parece ter um meio-sorriso irônico mas doce grudado na cara, apesar da ressaca da Tris.

Nick acena sua gratidão para Toni na porta. Ele diz:

— Seu amigo arrumou uns lugares bacanas pra gente. Tenho que admitir que entre sua amiga bêbada e seu ex-namorado que insulta meu Yugo, é um alívio ver que você tem uns amigos legais. — Ele pisca para mim, e por que esse sorriso gentil não deixa sua cara? Porque sei que se vamos passar essa noite/madrugada/o que for juntos, vou acabar tendo de contar a ele sobre a Tris, esse sorriso vai sumir e não quero ser a pessoa responsável por destruí-lo.

Não devo uma explicação a ele nem nada, mas digo:

— Me desculpe pelo Tal. — Só realmente lamento é pelo que disse sobre a Tris, mas não consigo criar coragem para pedir desculpas por isso. Ainda não.

Nick diz à coelhinha do coquetel, que se aproxima de nossa mesa para nos trazer drinques de cortesia com guarda-sóis, que não ligamos para qual seja, somos de Jersey, não sabemos a diferença mesmo. Ele pede, por favor, que os drinques sejam do tipo virgem.

Depois se vira para mim e diz:

— Eu não bebo. Sou bem careta. Espero que não seja um problema para você.

Eu mesma sou "bem" careta. Quer dizer, não bebo, não fumo nem me drogo, mas não sou xiita com isso, como alguns da raça careta que também não comem carne nem transam. Minha caretice é como meu judaísmo: firme, mas reformista.

Eu queria responder a Nick com um "Não é problema para mim. É um incrível milagre". Mas acho que acabei respondendo um vazio sim/não com a cabeça, de tão chocada.

Nossa! Tris namorou um cara careta, e que diz *por favor*? Como ele sobreviveu a ela sem ficar de porre ou chapado, como os outros? Não sei bem se devo admirar ou ter pena de Nick por ser um careta também, mas estou empolgada. Estou ainda com um cara que consegue se divertir sem ficar doidão? O universo é cheio de surpresas. Com relação a Tris.

— Quer me falar sobre isso? — pergunta Nick depois que a coelhinha se afastou aos pulos.

— Sobre o quê?

— O Ex?

É isso que acontece quando as pessoas ficam? Elas se beijam antes de se conhecerem, depois falam de por que seu relacionamento anterior fracassou? Estou perplexa. O único cara com que estive foi Tal, e a idéia dele de um encontro era ver *A lista de Schindler* no quarto do alojamento dele na Columbia. Além do incidente aleatório com Nick, nunca beijei verdadeiramente ninguém além de Tal, a não ser que conte Becca Weiner, na colônia de férias, quando eu tinha 13 anos, o que eu não conto. Não faço idéia de como agir nessa história de "encontro". Deve ser por isso que sou frígida.

Não estou com vontade alguma de falar sobre o Tal. Quero esquecer até que alimentei a idéia de voltar com ele. Quero esquecer que joguei fora meu futuro e que agora tenho de bolar todo um plano novo. Então eu digo a Nick:

— Sei dirigir um carro com marcha. — Porque eu sei que Tris não sabe.

— Está dizendo que pode levar a Jessie a Jersey esta noite, supondo-se que ela pegue novamente?

— Quem é a Jessie?

— Meu Yugo.

— Você deu um nome ao Yugo? Por favor, não me diga que é um daqueles caras que batizam a piroca.

— Infelizmente, ainda não achei um nome perfeito para a minha, então ela está na terra dos sem nome neste momento. — Nick olha para a virilha, depois para mim. — Mas se achar um bom nome, me diga. Gostaríamos de algo meio exótico, talvez tipo Julio.

Frígidas podem degelar, né?

Nick acrescenta:

— Dev queria batizar nossa banda de Dickache. O que você acha?

— Prefiro The Fuck Offs. Esse nome pega. Os vendedores da Wal-Mart vão adorar.

Nossa conversa é interrompida por um novo ato no palco. Duas das irmãs de Toni estão triturando *Edelweiss*, fazendo as freiras anteriores parecerem... bem, freiras. Nick se levanta e me estende a mão. Não faço idéia do que ele quer, mas que droga, pego a mão dele de qualquer forma e ele me puxa, depois se aproxima de mim para uma dança lenta e é como se estivéssemos num sonho, onde ele é Christopher Plummer, eu sou Julie Andrews, e estamos dançando no piso de mármore de um terraço que dá para um jardim austríaco. De algum modo minha cabeça encosta na camiseta de Nick, e neste momento eu me esqueço do tempo e de Tal, porque talvez minha vida não tenha acabado. Talvez só esteja começando.

Tremo com essa idéia e, em reação a isso, Nick tira a jaqueta e a coloca em meus ombros. Sinto-me segura e não tenho frio. Pela vibração da jaqueta, também estou confiante em que o Salvatore Texaco de verdade era um bom homem de família, talvez com uma propensão a usar as calcinhas da esposa e apostar o dinheiro da faculdade dos filhos pelo caminho, mas apesar disso um sujeito estável.

Despertei do sonho da dança quando a platéia aplaudiu o final da apresentação no palco, e Nick pareceu perto demais de mim sem a música. Nick/Salvatore/Christopher Plummer/ o parceiro de dança adorável não pode ser real. Não é possível. Melhor terminar esse sonho antes que vire um pesadelo.

— Que merda, por que você *é tão legal*? — pergunto, e afasto Nick com uma sacudida. Não me incomodo de reconhecer sua expressão de choque. Parabéns, Norah. Matei o sorriso dele e nem precisei falar da Tris. — Tenho que ir fazer xixi.

Eu me afasto às pressas para o banheiro. Algumas pessoas esperam à porta, mas basta um único estalar de dedos de Toni e a fila se dispersa.

Na verdade, não estou com vontade de fazer xixi. Preciso pensar. Preciso dormir. Preciso que Caroline esteja sóbria para eu poder conversar com ela. Esta manhã, minha vida parecia tão clara. Dispensar a Brown, feito. Ir para a cidade para ver a banda de que Caroline gosta em vez de sofrer toda uma noite com mamãe e papai recebendo um pessoal do hip-hop em casa, feito. Esta noite devia terminar como qualquer outra noite sem Caroline — vendo-a se agarrar com um cara, depois levá-la para casa em segurança. Feito. Não sou daquelas garotas que conhecem um sujeito ao acaso numa noite e a vida delas muda. Eu uso veludo cotelê e camisa de flanela. Não tenho um corpo de arrasar, como Tris ou Caroline. Às vezes passo três dias sem lavar o cabelo e às vezes não passo fio dental. O que esse Nick está fazendo aqui comigo?

Entro no banheiro enquanto a ocupante anterior sai. Limpo a privada com uma toalha de papel, depois me sento. Um rastro de pichação está na parede ao lado da privada.

Jimmy tem boa cabeça. Climb Ev'ry Mountain, com certeza. (Com direito a ilustração.)

A felicidade mal serve a outro propósito do que tornar possível a infelicidade. — Proust.

You're the one for me, fatty. — Morrissey.

I want it that way. — Backstreet Boys (também ilustrado, mas muito mais devasso do que a imagem de Jimmy e com melhores habilidades no desenho).

Claire, me encontra em Rivington na frente da doceria depois do show. Você paga o Pez. Sabe como é.

Psst — sentada no trono e se perguntando quando essa noite vai terminar? Resposta: NUNCA. Where's Fluffy, o show não anunciado, ESTA NOITE, depois do massacre dos von Trapp, antes do sol nascer. Quem não foi vai perder, aiiiii...

Não tem data escrita na parede, mas a letra em pincel atômico preto parece fresca. Fico curiosa sobre que decisão executiva foi essa de batizar a privada de "o trono". Mas esse show pode ser esta noite? Eu simplesmente venero a Where's Fluffy. Eles dispensaram meu pai para assinar com o selo indie do tio Lou. Podem me fazer dançar pula-pula a noite toda. Eles podem me fazer esquecer que quero me arrastar para a cama e me esconder debaixo das cobertas, e que eu perdi minha juventude para o Tal, e que eu estou num encontro com um cara bom e estou mandando mais sinais confusos para ele do que uma operadora disléxica de código Morse.

Será que eu teria o atrevimento de aparecer de novo na mesa do Nick, contar a ele sobre a Where's Fluffy? Sei que ele é fã. Roubei o último mix que ele gravou para Tris, que começa com a faixa da Where's Fluffy, *Take Me Back, Bitch*. Meu Deus, ele fez ótimas playlists para ela. Os mixes de Tal para mim eram toda a porcaria de Dylan e Yma Sumac. Nick consegue misturar Cesaria Evora com Wilco e Ani, seguido por Rancid, encerrando com Patsy Cline misturada com um final de Fugazi. Mas a certa altura, apesar de nossos progressos no-que-está-acontecendo-nesta-noite, terei de reeducar Nick no fraco uso de Patti Smith e Velvet Underground em playlists românticas. Eu odeio essa gente, porra. Patti Smith era uma mala afetada e Lou Reed era só um idiota despirocado.

DESPIROCADO! Eu realmente perguntei a Nick se ele tinha posto um nome na piroca dele?

Talvez Tal tivesse razão — eu devia ser mais grata a ele, porque nenhum cara além de Tal se meteria comigo.

Caroline pode estar desmaiada no furgão de um estranho agora mesmo, mas eu sei o que ela me diria: *o Tal NÃO está certo. Vá lá e se esforce um pouco mais. Você pode. Anda, sua imbecil, saia daí agora, que merda.*

Eu pego o pincel atômico preto que está pendurado de um cordão no espelho do banheiro e escrevo minha contribuição para a pichação na parede:

The Cure. Para o Ex? Desculpe, Nick. Você entende. Vai me beijar de novo?

Jogo uma água no rosto na pia do banheiro e respiro fundo. Hora de sair daqui e fazer isso direito. Sou novinha em folha. Posso mudar. Mas não por Tal. Por mim.

7. NICK

Estou fazendo tudo direito. E conseguindo a reação exata. É como um milagre para mim.

Estou tão intimidado de estar na área VIP. Fico um pouco hipnotizado com a freira da esquerda, que na verdade está tocando violão acústico para *Edelweiss* e girando os mamilos ao mesmo tempo. Tenho medo de como Norah olha para mim, como se eu tivesse uma chance. Mas de algum modo consigo sair de minha cadeira e fazer com que ela saia da dela. Sei exatamente onde colocar as mãos e onde levar seu corpo, então ficamos juntos num momento e isso é extraordinariamente perfeito para este momento.

Não estou acostumado com isso.

Nem percebo quando a música termina, estou imerso em minha própria música. Mas depois o disco arranha, o DJ tagarela, o momento se espatifa e o certo vira errado. Norah me empurra e cospe a palavra *legal* para mim, depois vai ao banheiro.

Não estou acostumado com isso também, mas espero que haja mais.

Eu a olho sair. Tony/Toni/Toné age como se fosse a fada-madrinha, agitando um aromatizante de ambiente de coelhinha da Playboy no ar, para separar a multidão em volta do banheiro das mulheres (ao contrário do banheiro dos homens, que parece, pelo olhar exasperado das pessoas na fila, estar ocupado por um casal tântrico). As freiras no palco rasgaram seus hábitos e estão desfilando apenas com ramos, do que só posso imaginar que seja de edelweiss. Posso ver um pastor solitário olhando embasbacado na fila da frente.

Isso devia me divertir, mas minha mente volta a um fato simples e assustador:

Estou gostando de Norah.

Estou gostando de ela ser amiga das coelhinhas da Playboy. Estou gostando de ela saber dirigir carro com marcha. Estou gostando de ter conquistado seus sorrisos e risadas. Estou gostando de como Norah me beijou. Estou gostando de ela parecer capaz de superar o passado. Posso aprender com isso. Estou gostando de poder lançar qualquer tipo de frase a ela sem me preocupar em exagerar.

Eu podia muito bem começar a ficar obcecado com isso (ou, pelo menos, estressado), mas, por sorte, outra diversão logo se une a mim na mesa. É Tony/Toni/Toné, agora vestido de padre. Quer dizer, ele está vestido como uma mulher vestida de padre.

— Vou subir em dez minutos — diz ela(e), para explicar a mudança de fantasia. — Norah ainda está retocando a maquiagem?

— Ela é a Sra. Frescura.

— Perfeito! Agora nós, meninas, podemos conversar. — Ela tomba a cabeça na minha direção, pronta para ouvir, porém mais pronta ainda para perguntar. — Há quanto tempo vocês dois são dois?

Olho o relógio.

— Há cerca de uma hora, incluindo o transporte.

Tony/Toni/Toné assovia, aprovando.

— Isso equivale a quatro vezes a duração de *meus* relacionamentos.

— Bom, este pode não ser nenhum recorde novo — me vejo dizendo.

— Não! — exclama Tony/Toni/Toné. — Eu vi vocês dois se beijando. Você é um Johnny Castle de responsa.

Não faço idéia de quem seja Johnny Castle, mas, sem dúvida, aprovo o nome.

Tony/Toni/Toné junta as palmas das mãos e olha para mim com uma gentileza que não tem nada de sexual.

— Quer falar sobre isso?

— Sim. Não. Não sei.

— Há quanto tempo fez sua última confissão?

Olho nos olhos dela e respondo.

— Três semanas, dois dias e 24... porra. Três semanas e três dias agora. Eu acho.

— E que confissão foi essa?

— "Eu te amo."

— Essa é séria. E como foi recebida?

— Com um voto de silêncio. E castidade, até que aparecesse o cara seguinte.

— Então, o que tem a confessar agora?

Não sei por que estou dizendo essas coisas, exceto por ser a verdade.

— Estou confessando que não sei se estou pronto para isso.

— O que é "isso"?

Isso de estar aberto. De poder ser magoado. Gostar. Não ser gostado. Ver o sinal abrir. Ver o sinal fechar. Pular. Cair. Me espatifar.

— Norah. Não sei se estou pronto para Norah.

Tony/Toni/Toné sorri, os dentes brancos como a gola do hábito que veste.

— Não existe essa história de estar pronto — diz ela(e). — Só existe a vontade.

Ela estende a mão e a coloca em cima da minha. Ela não está dando mole pra mim — está tentando me dar alguma coisa.

— Tenho todas as provas de que preciso — diz ela. — A prova está sempre na dança.

Seu olhar escapa do meu por um segundo. Eu o sigo e vejo Norah saindo do banheiro das mulheres.

Tony/Toni/Toné se levanta da cadeira.

— Só mais uma coisa, por favor? — pergunto a ela(e).

Ela(e) ergue a sobrancelha.

— Quem é o pai de Norah?

A sobrancelha se eleva ainda mais, então fica praticamente perpendicular ao olho.

— Você realmente não sabe? — pergunta ela(e).

Eu sacudo a cabeça.

— *Isso* — diz ela(e) — é incrível.

Norah não está olhando para a mesa — não olha para mim, imagino. Ela não vê Tony/Toni/Toné se encaminhar para os bastidores. Não me vê esperando por ela.

Decido dar uma olhada na minha carteira, para saber se tenho dinheiro suficiente para pagar por nossos coquetéis de mentirinha (a virgindade manchada pela reputação do guarda-sol). Mas é claro que quando ela chega à mesa, parece que estou me coçando para pagar a conta. Rapidamente enfio a carteira no bolso, só que ela se enrola na corrente e acaba espalhando minhas notas de 1 dólar por todo o chão. Eu as pego antes que ela se sente de novo, o que só me faz cair um pouco mais na escala da idiotice. Especialmente porque agora eu me lembro de que nossa conta é liberada, então eu não tenho que pegar a carteira, antes de mais nada.

Ela agora parece um pouco menos transtornada.

— Você parece renovada — eu digo a ela. Depois não consigo evitar, acrescentando: — Está tudo bem? Foi algo que eu disse? Ou minha impressão Johnny Castle não foi boa?

Ela faísca com o Johnny Castle.

Obrigado, Tony/Toni/Toné.

— Olha — diz ela, erguendo a Tina Colada —, eu te devo algum tipo de explicação. Sei que você deve pensar que eu sou uma louca esquisita do planeta Esquizofrenia, mas, sinceramente, não estou tentando confundir sua cabeça. Só estou eu mesma com a cabeça confusa, e parece que estou levando você de carona. Acho que você é legal comigo, e isso me dá um medo do caramba. Porque quando um cara é um babaca ou um idiota, é mais fácil, porque a gente sabe exatamente onde está pisando. Como confiança não é algo que simplesmente optamos por sentir, a gente não tem que pirar com o fato de ter de confiar em alguém. Agora mesmo estou pensando em dez coisas ao mesmo tempo, e pelo menos quatro delas têm a ver com você. Se quisesse ir para casa agora, esquecer meu nome e como eu sou, não o culparia. Mas o que estou tentando dizer é que se você fizer isso, eu vou lamentar. E não vou lamentar só de um jeito eu-peço-mil-desculpas, mas lamentar de um jeito estou-triste-porque-algo-que-podia-ter-acontecido-não-aconteceu. É isso. Pode ir agora. Ou pode ficar para ver o Where's Fluffy, quando acabar o show da Toni. Eu acho que eles vão fazer um show surpresa aqui hoje.

E depois, enfim, ela toma um gole da bebida.

Uma golada, na verdade.

E eu respiro fundo. E digo:

— Meu casaco fica bem em você.

Ela baixa o copo. Me encara. E eu penso, *Que legal, eu sou um freak.*

Então, que seja.

— Não — eu continuo. — O casaco fica bem em você, sim. E se eu for embora, você vai querer devolvê-lo. E se fizer isso, eu não vou poder vesti-lo novamente, porque o tempo todo vou saber que ficou perfeito em você. Que, embora as mangas estejam ridículas de grandes e a gola esteja toda fodida e, pelo que sei, um cara chamado Salvatore vai entrar neste mesmo clube, daqui a dois minutos e dizer, *Olha, aquele é o meu casaco*, puxar conversa e roubar você de mim... Embora todas essas coisas sejam, ou possam ser, verdade, eu não posso destruir essa imagem de você sentada aqui, na minha frente, vestindo meu casaco melhor do que eu ou qualquer outro. Se eu não devo isso a você e você não deve isso a mim, pelo menos devo isso a Salvatore.

Pronto. Eu disse tudo o que queria dizer sem realmente ter de usar as palavras *fique, por favor.*

— Pegue seu drinque — Norah me diz.

Eu pego.

Ela bate o copo no meu.

— Saúde — diz ela.

— *Salud* — respondo.

— *L'chaim.*

— Tenha um bom dia.

— *Sto lat.*

— Que seu caminho seja tranqüilo.

... E continuamos com isso, até que Tony/Toni/Toné aparece no palco para sussurrar o "dó-ré-mi" mais obsceno que Manhattan já viu.

As pessoas olham para a gente de vez em quando. Acho que algumas conhecem a Norah, ou pelo menos sabem quem ela é. Eu sou o mistério. Ou talvez eu seja ninguém. Não ligo. Se sou O Cara com Norah, tudo bem. Neste momento é só o que eu quero.

Todas as outras coisas que eu sou — elas são complicadas demais. Posso senti-las à espera, planejando voltar.

8. NORAH

— Então digamos que estamos no Motel 6 do outro lado do túnel Lincoln, naquela suruba com o ET. Quem fica por cima e quem fica por baixo?

Esta pergunta escapuliu da minha boca. Talvez eu não seja frígida — mas depois que concluo que gosto de um cara, eu viro uma endiabrada, inadequada para aparecer em público. Queria que Caroline estivesse aqui agora, escondida num canto, me dando as falas, a Cyrano para a Roxanne de Nick. Só que a Caroline-como-inspiração pode me jogar de volta ao banheiro, de joelhos, e não para rezar. O que, como premissa fundamental, não é de se fazer objeção, mas agora que estou tentando entrar em sincronia com o tempo, preciso de mais coisas do que Caroline geralmente precisa para esquentar a situação com um cara.

Nick responde:

— Essa é mole. O ET não suporta calor e iria para a máquina de balas do motel pra pegar uma besteira qualquer, e com sorte não seria atingido no fogo cruzado de um traficante puto da vida com o comprador, enquanto estivesse lá fora. Quer dizer, fala sério, Norah, o Motel 6, depois do túnel? Não podemos ter um pouco mais de classe? A desvirginização do ET não merecia pelo menos um motel mais sofisticado?

As encenações no palco acabaram e as freiras se converteram em contra-regras enquanto transformavam o cenário para o show seguinte. Ganhamos o primeiro prêmio, porque o show não-anunciado do Where's Fluffy certamente será o próximo depois que o palco for trocado — ampliado, cercado, preparado para o apocalipse que, sem dúvida, será criado pela turma punk de couro, correntes, ligada, tatuada e cheia de piercing que agora invade o lugar. São quase três da manhã, vem uma galera da pesada por aí, pilhada de uma noite inteira pulando em clubes power-punks, pronta para o encerramento final. Pela lógica, eu devia estar agora em casa, sentada em minha cama e mudando os canais da TV no escuro, enquanto Caroline vomita em seu sono de bêbada na minha frente. Reconheço várias pessoas que estavam mais cedo no Crazy Lou e sei que todas estão seguindo a mesma estrada dos tijolos amarelos, procurando pelo show definitivo, por uma noite que deva ser lembrada. O próprio Crazy Lou veio, posso vê-lo no bar conversando com Toni. Só rezo para que os poderes absolutos de Toni se estendam a ela(e) negar entrada a Tal, caso ele tenha seguido Lou até aqui, ou tomara que Tal esteja com jet lag demais para esta interminável noite de Manhattan.

Ou talvez não seja necessário rezar, meu momento de clareza seja real e verdadeiro, talvez Tal não seja uma ameaça, porque estou usando esta jaqueta que diz Salvatore, estou gostando de ir fundo nesta noite com Nick, de vez em quando tenho idéias verdadeiramente pornográficas com ele. Apesar de Tal ainda não ter recuado totalmente aos recantos mais distantes de meu subconsciente — posso sentir o gosto amargo do presente de sua proximidade, apesar da doçura da Tina Colada que estou bebendo — e de eu estar aqui e agora, e não haver lugar melhor, mas onde é que o Nick entra nisso?

Ele disse que eu visto melhor o casaco dele do que ele próprio ou qualquer outro. Então por que ele não fez um bis do Johnny Castle comigo, em vez de só ficar sentado na minha frente parecendo todo despreocupado, talvez até meio distraído? Ele pelo menos podia me fazer a cortesia de arriscar uns olhares furtivos para meu decote ou, no mínimo, fingir que está interessado em saber tanto de mim quanto eu quero saber dele. Tipo assim, *tudo*. Tipo assim, *AGORA*.

Se Caroline estivesse aqui, me passaria o sermão *Paciência, pequena gafanhota*. Mas ela não está, e eu fico me perguntando sozinha: como é que isso funciona, querer conhecer um cara novo sem revelar desespero demais por sua atenção exclusiva?

Ainda bem que o clube foi de cheio a abarrotado, porque a energia e o barulho ajudam a tragar o que está se tornando rapidamente um navio naufragando entre mim e Nick, provavelmente cortesia minha e do fato de me esforçar demais para conversar. Voltei do banheiro, brindamos com os drinques virgens, mas parece que cometi um erro crasso. Procuro saber algo sobre ele (não é o que você faz?), cavar um pouco mais fundo, e estou sendo sugada rapidinho no vórtice do Primeiro Encontro Esquisito.

— E aí, onde você mora? — pergunto a ele, embora já saiba. Só para dizer alguma coisa. E porque o ET naufragou, e *Há quanto tempo você tem uma banda?* e *Vocês levam a sério ou só estão curtindo?* tendo como resposta um *Desde o começo dos tempos* e *Não, estamos ensaiando juntos desde o primeiro ano, gastamos cada centavo que ganhamos em empregos de salário mínimo para sustentar essa banda, mas não, não levamos isso a sério.* Gosto do sarcasmo, mas às vezes é cansativo, especialmente quando está próximo do amanhecer. Pensei que finalmente tínhamos chegado a algum lugar e a essa altura eu podia muito bem estar tirando uma soneca. Nick estava assim comigo há algum tempo, mas agora, sem a distração de um show no palco e com a (eu acho) confissão de uma... *coisa* mútua, é como se o pêndulo estivesse perigosamente balançando para o lado errado, e eu não sei se foi isso que mudou ou se eu disse alguma idiotice de novo (foda-se o ET — eu te odeio!), ou se eu ousei voar para perto demais do sol em meu desejo de degelar.

— Eu moro em Hoboken — murmura Nick, e estou me lembrando de um mix de músicas centrado em Sinatra que ele fez para Tris e me deixou tão mordida de inveja que não deixei ela colar minhas respostas para a prova de latim naquele dia.

— Faculdade? — perguntei a ele.

— Ainda não decidi nada.

Merda. De. Muro.

É por isso que eu devo considerar terminar meu juramento de caretice. Uma cerveja, sem dúvida, ajudaria nessa situação. Provavelmente não poderia deixar nada pior.

O formato de quiz-show básico não está dando certo, então eu tiro inspiração dos seres divinos que se apresentaram no palco esta noite. Canto a próxima pergunta, bem Julie Andrews falsa no estilo opereta:

— Pode dizer o nome de algumas de suas coisas favoritas?

Seu meio sorriso voltou de mansinho.

— Sorvete Chubby Hubby Ben & Jerry, os vitrais Tiffany originais das janelas de algumas casas em Weehawken, meu iPod, uma massagem com óleo quente de Reba McIntyre.

Encerro a apresentação das provas.

Será que o DJ Ironia *pretende* tocar agora *Heaven Knows I'm Miserable Now*, dos Smiths, para sossegar a multidão durante o intervalo do show, ou é só coincidência?

O que foi que eu perdi? O que mudou?

Faço uma última tentativa. Volte para a mamãe, Nick. Você consegue.

— O último momento de verdadeira felicidade que você viveu? — pergunto a ele.

— Uma hora qualquer antes de três semanas e três dias atrás...

E lá vai ele de novo. Oooohhh...

O ar está quente aqui, da onda de gente que entrou. Vejo que ele observa a porta e percebo que tem medo de que Tris venha ao show. Ela deve vir. Uma banda underground prestes a fazer uma grande apresentação secreta no meio da noite, certamente há um músico quase famoso a subir ao palco procurando pelo amor de uma tiete como a Tris.

Sinto pena de Nick. Ele ainda não sabe que vai ficar bem sem ela. Parte de mim se pergunta se eu devia me dar ao trabalho de estar aqui. A outra parte quer gritar com ele: *O que você viu nela? Por que desperdiçou sua vida com ela?*

Só que já sei as respostas para o quiz-show de Tris. Se eu conseguir eliminar o suficiente do óbvio — o cabelo louro, os peitos grandes, as pernas longas, a saia nas coxas —, eu sei que há uma outra Tris, a garota que pode divertir um cara sem a variedade deprê de Caroline, fazê-lo sentir-se querido e especial até que a atenção dela inevitavelmente murcha, a garota que vai arrasar na FIT (Fashion Institute of Technology) no ano que vem, a garota que terá você de volta, sem fazer perguntas.

Na ausência de palavras de Nick e com seu olhar vago, eu estou me lembrando do primeiro ano, quando estava no banheiro depois que me dei mal numa prova de biologia. Estava secando minhas mãos numa toalha de papel quando Tris veio por trás de mim e pegou o papel da minha mão. *Já percebeu que está secando suas mãos há três minutos sem parar? Você praticamente arrancou sua pele. Você está bem?* E aí eu me saio com essa: *Está atrasada. Você está paranóica*, disse Caroline quando contei a ela, enquanto Tal havia dito, *Não se atreva a tomar decisão alguma sem me consultar primeiro.* Mas foi Tris que pegou meu braço e disse, *Deixa disso.* Era Tris quem conhecia o ônibus público estritamente de Jersey que podia nos levar à drogaria mais próxima e não à cidade. Tris que esperou por mim do lado de fora do banheiro no Starbucks enquanto eu fazia o exame, Tris que me empurrou no peito depois e disse, *Tenha mais cuidado da próxima vez, sua idiota.* Foi Tris que ficou de costas para mim na fila para me comprar um Frappuccino, sabendo que eu não queria que ela me visse chorar. E eu sei que nós não gostamos realmente uma da outra a não ser por nos conhecermos desde o primário, por todo o passado e pela infância que dividimos, e eu sei que ela é uma vagabunda mentirosa e traidora porque, como pode fazer o que fez com esse cara?; mas também sei que existe uma espécie de código entre meninas a que eu devo obedecer e não invadir um novo e perigoso território com suas sobras, então será que foi por isso que Nick de repente ficou todo frio?

A música dos Smiths terminou, para uma rodada de aplausos vinda da direção dos banheiros. A coelhinha do coquetel respondeu aos chamados urgentes da natureza de uma longa fila de senhoras que esperavam para usar o banheiro e destrancou a porta com a chave pendurada na corrente em seu pescoço. Mesmo com a luz fraca e através das contas que separam a área do banheiro do clube, está claro que é Hunter nos braços do vocalista da banda de Nick, acho que o nome dele é Dev. Estão encostados na parede vermelha, presos num daqueles beijos profundos que calam na alma, que só podem provocar em seus observadores uma profunda crise de inveja, do fundo da alma.

Nick enfim ri de novo, e meu coração tenta não pular.

— É o nosso Dev!

Enquanto as bocas se separam, Dev tira um fio de cabelo da cara de Hunter e o torce nos dedos. Com a outra mão, Dev acena um oi para a exasperada fila de mulheres.

Eu assinalo:

— Nossa, dá para ver até daqui o sorriso no rosto dele.

— O Dev é o motivo de nossa banda não ter baterista.

— Como é? — Lá vamos nós de novo. Obrigada, Dev, você é demais, obrigada.

— Antigamente a gente tinha um baterista ótimo. O cara arrasava, ele era bom demais. E aí o Dev o "converteu". O cara nem sabia que gostava de homem...

— Ah, ele sabia sim. — Porque eles sempre sabem, quer admitam ou não.

Nick deu de ombros.

— Pode ser. Mas Dev fez o cara se revelar. E depois que a porta do armário se escancarou, o pobre coitado queria um namorado. Dev só queria uma conquista. Em especial uma conquista que tinha sido astro dos esportes na escola.

— O Dev é galinha?

— É o nosso garoto.

Dev agora arrasta Hunter pela mão e eles estão caminhando para atravessar o clube. A performance deles mereceu a oferta de duas banquetas na área abarrotada do bar. A dupla dinâmica rejeita a oferta, se arrasta para nossa mesa e se senta.

— Bom show — eu disse a Dev.

— Não foi? — Dev ri. Ele parece o filho ilegítimo de uma estrela de cinema de Bollywood e quem quer que seja o Adam Broody deste ano. Não posso culpar Hunter, ou o baterista desaparecido. Dev é uma graça, cuja pontuação nem sofre deduções pela camisa desbotada e rasgada de "Lodi Track & Field" que ele usa.

A animação de Dev é a antítese do desligado Nick.

— PORRA! Você soube do show? Where's Fluffy! A PORRA DO WHERE'S FLUFFY! — Ele finge tocar bateria na mesa, Nick ergue a sobrancelha para mim e me abre um sorriso malicioso; por um lampejo de um segundo, eu desconfio de que o intervalo está terminando e podemos voltar ao jogo.

E depois nosso árbitro se requebra até nossa mesa como a rainha da beleza que ela(e) é, e se vira para Nick como se fossem amigos de infância:

— Menina, seja boazinha e me ajude com esse equipamento de palco, está bem? — Nick fica de pé num salto, como se o tempo todo estivesse esperando que Toni o salvasse. Que bom — talvez Toni possa dividir um pouco do elixir TPM com Nick e o mande de volta ressuscitado.

— WHERE'S FLUFFY! — grita Dev. Ele bate nas minhas costas de empolgação e ergue os braços como se fosse o Rocky. — A PORRA DO WHERE'S FLUFFY!

Exatamente. Esta era a reação que eu esperava de Nick quando contei a ele sobre o show. Quer dizer, era simplesmente a melhor banda punk até agora, batizada graças à apatia de merda de uma nação xenófoba de merda que não liga para a merda do terror que seus líderes lançam sobre o resto do mundo, porque também está ocupada se preocupando se o seu gato pode ficar preso numa árvore ou coisa assim. O Where's Fluffy sabe tocar de verdade, em vez de só gemer como os bobalhões do punk pop. Eles cantam tudo certo sobre tudo errado — eles são contra os grupos pró-armas, contra os que impedem as liberdades individuais e contra os homofóbicos — para lembrar a quem ouve pelo que vale a pena lutar. O Where's Fluffy era pra valer, e se houver algo entre mim e Nick, será determinado quando o show começar, se estivermos na frente e no meio, pulando numa alegria acelerada juntos, agitando os punhos e gritando "oi oi oi" nos momentos certos, em sincronia. Por assim dizer.

O *mosh pit* revelará todas as respostas. O *mosh pit* não mente jamais.

9. NICK

Está tudo indo muito bem. Estamos rebatendo as palavras de um lado a outro. Para tudo o que ela diz, eu tenho uma resposta. Estamos cintilando, e parte de mim só quer recostar e nos assistir. Estamos nos encaixando. Não porque uma parte de mim está combinando com uma parte dela. Mas porque nossas palavras se encaixam uma na outra e formam um diálogo, e nosso diálogo está se encaixando e forma a cena deste filme contínuo que é tão confortável quanto espontâneo.

Eu sei que ela está se retraindo um pouco. Sei que ela fica me gritando perguntas para eu não chegar perto demais das respostas dela. Tudo bem. Quem é ela realmente? Uma ova que eu sei. Mas eu me importo. É, estou começando a me importar.

O clube agora está realmente lotado, cheio de uma mistura pré-show de expectativa e impaciência extrema. Dev está completamente Dev, esbraveja para nós e lidera o grito de CADÊ O WHERE'S FLUFFY? Tony/i/é aparece e quer minha ajuda com o equipamento. Olho para Norah e quase pergunto se ela vai sentir minha falta enquanto eu estiver longe. Mas não quero pressioná-la.

É bem legal estar no reino do Fluffy, embora eu não possa ver nenhum dos caras e só o que eu esteja fazendo seja me certificar de que os microfones funcionam. Só ficar parado no palco deles já é emocionante. Estou testando 1-2-3 e testando PORRA-MERDA-CARALHO, e a multidão olha para mim com um desejo unânime de que eu saia da merda do palco, e se não fosse pela presença de um homem carrancudo vestido de coelhinha da Playboy cuidando de mim, eu podia ter uns momentos de garrafa-na-cabeça. E quase valeria a pena. Não é sempre que se pode sangrar por uma de suas bandas preferidas.

É tudo tão surreal. E de repente estou querendo contar a Tris sobre isso. O que é um erro idiota, e também não é uma opção. Where's Fluffy foi o segundo show a que fomos, e o sexto, e o décimo primeiro, e o décimo quarto. Ela não sabia deles, então a arrastei depois da meia-noite para ver os caras no Maxwell's, menor em idade mas maior em ambições. Ela era tão cética com bandas de que nunca ouvira falar — como se não pudesse existir algo bom sem ela saber. Mas Where's Fluffy a convenceu. Ela pegou a primeira música e não teve medo de demonstrar. Ela uivou, serrou, esfaqueou e bateu cabelo sem parar na cena de 110 rpm. Depois disse, *nossa, esses caras são demais*, e eu fiquei com tanto ciúme deles, que ela até disse, *mas não são mais que você*, e eu virei um fogo de artifício esperando para explodir.

Mas isso não foi tudo. Estou pensando na sexta vez. Eu estava dançando, daquele meu jeito, e ela simplesmente parou por um minuto, olhando para mim. E eu gritei, "Que foi?" e ela gritou, "Tem que parar com isso", e eu gritei, "Com o quê?" e ela me disse, "Você ainda está aqui. Tem que ir além disso". E no começo não entendi, mas depois percebi que Tris tinha razão; eu não estava me entregando à música. Estava olhando as pessoas em volta de mim. Eu estava constrangido. Contextualizava cada nota. "Solte-se", gritou ela. E de início não consegui, uma vez que estava tão fixado na tentativa. Mas depois a banda partiu para *Dead Voter* e, pela primeira vez, eu me libertei de tudo, exceto dos acordes. Não pensei muito em Tris — ela se escondeu atrás da música, orquestrando tudo. Depois que terminamos, brilhando de suor e ofegando, não precisamos falar merda alguma. Só nos olhamos, e havia um reconhecimento. Ela me empurrou e eu cheguei lá. Foi gratificante. Estou grato.

Olho a multidão por um momento, tentando encontrá-la de novo. Sei que ela está aí em algum lugar, mesmo que não esteja no salão. Mesmo que esteja se agarrando com outro cara em outro lugar sem uma única sinapse que fizesse com que se lembrasse de mim.

— Acorda aí, porra! — diz um cara encostado no palco. Percebo que minhas mãos tombaram. Como se eu não pudesse pensar em Tris e fazer alguma coisa ao mesmo tempo. O que é mentira.

Termino as conexões. Os microfones estão prontos para o ataque. Tony/i/é assente e as luzes diminuem. Eu saio, mas antes entendo o assentir de Evan E., baterista do Fluffy. Eu sorrio e balanço a cabeça também, depois me enfio na multidão. Perdi Norah, perdi de vista onde nossa mesa fica. Todas as mesas foram empurradas de lado.

Estopim: aceso.

Estopim: queimando.

Preparar.

Apontar.

Fogo.

As guitarras gritam. Os tambores batem. Owen O. rosna cretinices ao mundo. Um sino toca e o cão de Pavlov tem seu ataque na pista. Como ainda não faço parte disso, eu vejo: como um grupo de pessoas pode se tornar um temporal, como todo o tempo passado comprando e escolhendo exatamente as roupas certas não significa merda alguma agora, porque ninguém está olhando as roupas nem fazendo pose. Trata-se de força, de pulsação e de descarregar impulsos gigantescos. Estou me espremendo entre peles e cabelos espetados para chegar até Norah. Sou sacudido por esta turbulência humana para conseguir ver Tris. Estou me atirando por esta escuridão que brilha, para entender que merda eu procuro e por quê.

Norah. Ela está a uns três metros. Sem olhar para mim nem para mais nada. Ela está no meio desta conflagração e parece inteiramente só.

Isso me assusta.

Eu reconheço isso.

Estou ouvindo o baixo de Lars L., estou caindo nele, na densidade dele, no *pit*. Ele grita que o tempo é uma máquina furiosa. A música é uma máquina furiosa. Todos somos máquinas furiosas.

Estou fora de forma. Estou caindo de cansaço. E só vai piorar.

Norah. É só ir até a Norah.

Dev está no meu caminho. Tento contorná-lo e ele reage com um empurrão febril. Eu empurro também. Ele pega meu ombro com força demais e gira. Eu cambaleio. Esbarro em Norah.

Ela não ri. Só se atira para trás, afastando-se de mim. Bate e se afasta. Depois *eu* bato e me afasto. Nós deveríamos estar sorrindo, mas não estamos. Atiro meu corpo todo para ela, num choque frontal. Ela ainda é toda resistência. Ela se mantém firme e aqui estamos nós, agora sem distância, seu rosto está tão perto que é quase um borrão.

— Que merda é essa? — grita ela, e não é para mim que ela está gritando.

O cotovelo de Dev bate nas minhas costas, eu sou lançado para a frente e ela está bem ali, estou de braços estendidos e ela está bem ali, e neste exato momento os amplificadores aumentam e a música assume tal pulsação que se torna meu coração batendo e o coração dela batendo, eu sei disso e ela sabe disso, e este é o momento em que podemos nos separar e isso seria perfeito, totalmente perfeito. Mas olho nos olhos dela e ela olha nos meus, e reconhecemos — a excitação de estarmos aqui, a excitação de estarmos no agora. E talvez eu esteja percebendo que uma parte disso é ela e talvez ela perceba que uma parte disso sou eu, porque, de repente, estamos esbarrando e nos entendendo. Os acordes que giram à nossa volta viram um tornado, apertando, apertando e apertando, estamos no meio disso, e estamos no meio um do outro. Meu pulso toca o dela bem no ponto de nossa pulsação, e eu juro que posso sentir. Aquela batida. Estamos nos movendo com a música enquanto permanecemos imóveis. Não estou me afundando na lama. Estou encontrando Norah. E ela está, sim, me encontrando. A multidão nos pressiona, o contrabaixo nos revela tudo e somos duas pessoas que fazem parte de um monte de gente, e ao mesmo tempo somos uma parte só nossa. Não existe solidão, somente este pareamento intenso. Só há uma maneira de testar isso, que é se atrever a fazer um movimento, a pressionar ainda mais para ver se ela quer chegar lá. Encontro seus lábios e a beijo, ela puxa meu cabelo e eu agarro o punho do casaco que ela veste e não há nada para falar, é bom tudo isso aqui e estamos entendendo tudo isso muito bem. E meus olhos estão fechados e depois se abrem, eu vejo os olhos dela abertos e há uma parte dela pendendo para trás, embora nossos corpos estejam espremidos, e é o medo, é claro que é o medo, e eu a seguro bem perto só para dizer que entendo.

Lars L. se lança direto em *Take Me Back, Bitch*, eu me encolho, Norah vê e não há como eu dizer que não é ela, não é agora, que são as dez mil situações anteriores com que ela não tem nada a ver. Inclino-me e a beijo de novo, do mesmo jeito como você corre para seu quarto e bota a música aos berros quando seus pais começam a gritar. Sei que não funciona e não ia funcionar porque algumas coisas não precisam ser ouvidas para que você ouça. A mente tem um ouvido todo dela e às vezes a memória é o DJ mais furioso do mundo.

Agora Norah está gritando *Que foi*? e está *é* uma pergunta para mim. E depois ela faz a pergunta mais difícil de todas

— aquela que consome tanta dor e coragem — *Por que você parou?* e o som do baixo é forte demais, meu corpo está sendo espancado por todos os lados, uma de minhas bandas preferidas se voltou contra mim, eu grito *NÃO POSSO FALAR COM VOCÊ AQUI*, ela grita *O QUÊ?*, eu estou no ouvido dela e grito *AQUI NÃO*, depois *NÃO POSSO FALAR*.

A mão dela encontra a minha e, de imediato, estou sendo guiado. Estamos penetrando a multidão que tomba e troveja, e nossos braços são como a ponte mais frágil, sustentada por nossas mãos. Eu penso, *Se ela soltar, está tudo acabado. Se eu soltar, está tudo acabado*. E como ela está segurando com muita força, eu seguro bem forte também. Sou jogado para todo lado — sei que amanhã terei hematomas —, mas de algum modo este aperto de mãos está imune. De alguma forma ficamos juntos. Somos abençoados e estamos juntos, e o pareamento é um trunfo sobre a solidão, a dúvida e o medo. Estamos passando por isso. Obrigado, música. Vão se ferrar, lembranças. Obrigado, presente.

Ela olha em volta, depois me coloca numa salinha ao lado do banheiro dos homens. É do tamanho de um armário e é dominada por um sofá verde-limão diante de um espelho grande. Há uma gola de padre jogada nas costas do sofá e muita maquiagem aberta. Espero que Norah olhe para mim maliciosamente, mas em vez disso ela parece decidida. Ainda segura minha mão e se lança para mim, me apertando, me agarrando e me beijando com tanta intensidade que meus lábios mal conseguem retribuir o beijo.

— Você — ela diz, levando minha mão até seus seios e deslizando sua mão livre por meu peito. E está quente nessa salinha, e ela está ardente e me beija, minha boca está se abrindo e suas mãos, sua língua, seus quadris estão explorando. Mas seus olhos não são tão aventurosos. E eu não sei se ela está tentando me empurrar ou me puxar ou só se movimentando. Se isto é desejo, não tenho certeza da utilidade de um desejo. Estou excitado — tão excitado — pelo calor disso, pela febre, pelo escuro — sim, o escuro. Mas não consigo me perder nele porque não consigo encontrar onde ela está, fora da música, dentro destes movimentos. A mão dela aperta a minha na parede enquanto a outra mão está por baixo da minha camisa, erguendo-se até meu pescoço, depois começando a descer. E descer. E seus dedos acham o caminho, e minhas mãos pressionam a parede. O calor disso, a febre... O jeito em seus olhos não é sorridente e eu só quero isso, não posso fazer isso e ela está descendo mais as mãos, enquanto me toca onde estou prestes a explodir. Quero que ela diga alguma coisa, mesmo que seja meu nome, mas ela não diz e, de repente, eu não consigo mais. Quero ter certeza e não tenho, e digo não, porque quero que ela tenha certeza e não posso saber se ela tem. Na verdade não estou mais retribuindo o beijo, tive de parar antes que algo aconteça sem que antes eu entenda o que está rolando aqui, então eu solto a mão dela, a outra mão pára e, embora eu esteja contra a parede, me afasto.

Por que você parou?

Eu não quero que ela diga isso. Mas está na cara dela. Se ela tivesse alguma coisa a provar, agora eu provei o contrário. Então a equação morta de nossos atos está entre nós e não sei que merda posso fazer.

— Você a viu? — ela pergunta. E de início quero perguntar quem. Mas depois eu entendo, e digo que não, e pergunto:

— Você o viu?

Ela se afasta dez graus de mim, de volta ao barulho, e responde que sim.

10. NORAH

O *mosh pit* não mente. Eu sabia disso e no entanto ignorei a prova que o *pit* atirava para mim. *Por que você parou?* Pode o oráculo responder a uma pergunta melhor agora: *por que merda eu continuei?*

Eu digo a Nick:

— Sim. — Ele acha que eu quero dizer, sim, eu vi o Tal. Mas eu não vi o Tal. Eu vi a Tris. Será mais fácil para Nick, mais tarde, se ele pensar que foi o Tal que eu vi. Depois ele pode colocar toda a culpa em mim e em minhas dificuldades. Mas há um motivo para as mulheres serem frígidas, e Nick pode se olhar na porra do espelho se quiser ver esse motivo.

POR QUE EU SOU UM FRACASSO, MERDA?

Corro da salinha, batendo a porta com o pé, satisfeita com o rosnado de "AI, ISSO DÓI, PORRA!" que ouço de Nick do outro lado da porta. Sei que Nick precisa de alguns minutos para si mesmo, para se recompor. Tenho algum tempo para fazer o que preciso.

O que eu não precisava fazer foi o que eu fiz. Não consegui um Oi. Só consegui um oy no meu espetáculo punk. Confiei no poder do *pit*, acreditei na força do vamos-lá quando Nick testou PORRA-MERDA-CARALHO no microfone, olhando direto para mim. Eu sabia que não havia como Tris deixar de aparecer aqui, sabia que eu aproveitaria melhor a oportunidade antes que tudo explodisse, como a apresentação do Where's Fluffy. Nunca fui a garota de tomar a iniciativa, e talvez seja por isso que, noite após noite, eu saio com Caroline e as iniciativas são sempre para ela, mas nunca para mim. E eu não estava pensando no Where's Fluffy abrindo seu show com *Take Me Back, Bitch* quando fiz o que fiz, a forma como agi. Estava pensando naquela segunda música da playlist que Nick fez para a Tris, *Take a Chance on Me*, do Abba. Ou Dev colocou alguma coisa escondido na minha Tina Colada ou foi a lembrança sensual da música dos suecos, porque eu estava no *pit* com Dev e Hunter, acreditava na banda, no tempo e no *mosh*, talvez até acreditasse em Deus e em Nick. Esse paraíso infernal estava quente como uma trepada no meio, e isso tinha de ser o sinal de que eu precisava para entrar fundo.

Primeira tacada: fora. Tudo errado. Meus olhos estavam abertos para a segunda parte daquele incrível beijo horrível, e bem na hora que vi Toni brincando com Tris na porta, eu sabia que minha janela de oportunidade estava prestes a fechar. Sou decidida pra cacete, não restam dúvidas, e extremamente boba, eu sei que sobre isso também não restam dúvidas. Então não foram meus hormônios que levaram Nick para a salinha para uma segunda merda, quer dizer, tentativa; não, foi pior, foi a idiotice completa me levando, a idiotice grife Norah (do tipo que escreve cartas pedindo ao Ex do Mal que volte) que meu cérebro mantém, localiza-se abaixo da ignorância, porque é a exclusiva grife Norah que levará somente a mim no caminho que eu mais odeio: o arrependimento.

Eu nem me incomodei com as preliminares, caí direto como se eu fosse Tal depois de muito vinho de Páscoa Manischewitz. Eu sabia que era muito cedo, Nick estava cru demais, mas eu estava pronta para degelar e provar que eu não o deixaria com frio. E pensei que tinha provado isso, quer dizer, que eu o tinha, pelo menos pensei que sim, quer dizer, ele reagiu, mais ou menos, pelo menos eu pensei que sim, ou talvez o que pensei ser uma reação e atração mútua fossem meramente o fato de que ele é um homem, e até o boneco Elmo pode acidentalmente reagir. Mas o momento passou tão rápido e, pra ser sincera, sei que só metade reagiu e mal fez isso, porque Julio provavelmente sabia que era a Sub Z chamando.

Não vou fazer mais nenhum replay desta cena. Não vou.

Estou me sentindo humilhada.

A humilhação está ardendo em meu rosto, me marcando, me deixando bem longe de ser frígida, muito mais quente do que eu podia imaginar, quente de ódio. Odeio o arrependimento, bombeando por cada artéria de meu corpo, que está querendo um cheeseburger agora. Odeio o tempo e odeio esta noite, e se eu verdadeiramente acreditasse em Deus fora daquele lapso momentâneo de fé, eu O odiaria também.

Eu até odeio o Where's Fluffy. Minha ex-banda preferida, agora destinada a ser lembrada pelo resto da minha vida como a banda que eu estava ouvindo quando afundei como o *Titanic*, ah. Odeio Caroline por ter desmaiado quando eu realmente precisava falar com ela. Odeio Tal por todos os *Não, coloque assim* e *Você está fazendo tudo errado*, *Norah*, porque agora Nick, minha primeira tentativa de redenção, sabe disso também: eu não tenho idéia de como fazer isso, merda. É como aquele Deus mítico que pega seres humanos na criação e nos divide em subgrupos: o grupo A é bonito, tem *sex appeal* e muita ação com uma facilidade natural (Caroline); o grupo B é das pessoas que podem ser repaginadas, entendem tudo e por fim terão sua ação (Tris); e o grupo C é o resto dos pobres coitados (eu) sobre quem Deus decidiu, *Você fica por contra própria. Não espere grande coisa.*

Eu meio que odeio o Nick agora também, mas há alguém numa posição mais alta na minha lista, alguém que eu odeio mais do que Saddam Hussein e quaisquer babacas de nome Bush combinados, odeio mais do que o imbecil que cancelou *My So-Called Life* e me deixou com uma caixa de DVD pequena demais que não diz se Angela e Jordan Catalano já transaram, ou se Patty e Graham se divorciaram, ou se realmente havia alguma coisa em todo aquele subtexto lésbico entre Rayanne e Sharon. Preciso encontrar essa pessoa que mais odeio, aí então vou poder, com sorte, pelo menos aniquilar esse outro ódio que eu tenho, que chama-se arrependimento.

A multidão engrossa para o *pit*. A banda faz um intervalo e uma calmaria inconcebível toma o lugar do palco enquanto Lars L. ajusta o microfone em relação ao feedback que Nick deve ter ferrado quando tentou ajudar Toni a preparar o som. Lars L. sabe o potencial da multidão de se virar contra a banda se tiver um momento que seja de silêncio, e ele deve estar percebendo que a multidão engrossa, porque grita para a platéia, "Que porra vamos tocar agora?", e um punk moicano grita a plenos pulmões, "Toca alguma coisa aí, caralho!", o punk nem termina a declaração e Evan E. grita UM-DOIS-TRÊS-QUATRO enquanto ataca a bateria, e num raio psicodélico Owen O. está furioso no cover do Where's Fluffy da música gospel *I'm Living on God's LSD*. Por um instante eu me esqueço do ódio, porque meu corpo tem que se empolgar com essa intervenção divina do som. Por um minuto dessa música de dois minutos eu me perco do ódio, porque me perco em Owen O., Evan E. e Lars L., porque eles são deuses e todo mundo aqui sabe disso, sente, partilha isso.

Mas depois eu vejo os primeiros punhos se agitando no *pit*, ouço os Oi e vejo uma pessoa sendo passada pelos braços estendidos da multidão, e mesmo nessa luz fraca não posso deixar passar a explosão de cores usadas pela abelha-rainha. Tris surfa na platéia, aproveitando a oportunidade de ser passada para a frente do palco e com sorte ser conduzida para os bastidores.

E eu estou de volta ao ódio.

Separo essa multidão como uma merda de Moisés, quer dizer, é sério, eu sou como um general cinco estrelas, a comandante Cretina-Puta-da-Vida com seu tanque pessoal dos fuzileiros lançando-me pelo deserto, e é melhor que ninguém se meta no meu caminho. Chego ao meio do *mosh* em segundos e, quando é minha vez de impelir Tris para o palco, em vez de deixar que suas pernas passem por minhas mãos viradas para cima, eu pego seu pé, ela cai no chão e a multidão não liga, parte para outra pessoa sendo passada, Lars L. está apontando a nova vítima e assentindo SIM para os seguranças.

Tris se levanta do chão, depois coloca a mão na testa.

— ESSA MERDA MACHUCOU! — ela grita para mim e só se ela também gemesse "AI!", como Nick, eu poderia odiá-la mais agora. Tiro sua mão da testa e a levo pela massa, o bandido está agora com uma refém. Não me dou ao trabalho de dizer "tchau" a Dev e Hunter, vendo-nos sair pelo canto dos olhos meio abertos de seu beijo de língua.

Depois que saímos e consigo voltar a respirar, sinto o ar frio do amanhecer de primavera, estou mais cansada do que com ódio. Somos só eu e Tris aqui fora, e os fumantes e usuários encostados na parede próxima, e está bem silencioso, a não ser pelo baixo de Lars L. batendo pelas paredes e os táxis buzinando na rua. Enfim, posso ouvir a mim mesma e estou dizendo, *Por quê*? a Tris, mas na verdade grito *POR QUÊ*, porque meus ouvidos ainda não se adaptaram aos decibéis mais baixos. Pelo menos meu batimento cardíaco já está se aclimatando, diminuindo, tranqüilizando-se, aliviado do sufoco desse lugar, desse barulho, e de tanta gente lá dentro, que certamente sabe de minha humilhação e de meu arrependimento.

Ela é o motivo de eu não engrenar com Nick e quero saber por quê.

Tris se encosta na parede do prédio e esfrega as orelhas.

— Estou tão cansada — diz ela. — E você não precisa gritar, merda. — Caroline tem razão, essa cretina usa couro vegetal, porque de jeito nenhum Tris estragaria uma saia de couro esfregando a bunda na parede e caindo no chão. Tris descansa apoiada no prédio, abraçando os joelhos, a cara apertada neles.

Sento-me ao lado dela. Pergunto de novo:

— Por quê?

E ela diz:

— Nick?

E eu digo:

— É.

Parece que ela vai cair no sono. Seus olhos tremem e ela quase parece agradável, agora que está fora daquele lugar. A Tris é assim. Ela vai levar você aos recantos mais distantes da irritação, e depois vai conseguir uma reviravolta de última hora por ser uma presença quase reconfortante.

Caroline e eu a conhecemos desde que éramos escoteiras, mas ela nunca foi uma grande irritação até o ensino médio, e depois nem os religiosos podiam suportar Caroline e eu sendo seguidas por Tris, da Friends Country Day ao Sagrado Coração, do primeiro ao último ano. Tris pensou que nossa chegada à sua escola significava a chegada de espíritos afins e nos seguia como um cachorrinho, querendo entrar na nossa cena musical de Manhattan. Ela não entendeu que Caroline e eu sempre fomos estritamente uma Gangue de Duas. Tris acha que é uma de nós, uma vez que gosta da mesma música e ninguém naquela escola, além dela, aceitaria umas anormais como eu e Caroline. Deixamos que ela fosse a Duas e Meia de vez em quando; ela tem um radar decente para boas bandas, mesmo que seja mais provável que se faça de idiota — dançando feito uma maníaca, cantando junto e desafinada — sempre que a levamos a um show. Mas coloque a Tris sozinha num Starbucks e ela é normal, pelo menos tolerável — ela não ri tão alto, não se esforça tanto. Ela é minha salvadora com o adesivo que diz negativo.

Eu quero — mas não consigo — odiar essa garota.

Ela abre um olho para mim.

— Você está namorando o Nick ou coisa assim? Você gosta dele?

— É — eu digo, porque não quero mentir, e depois: — Na verdade não — emendo, porque não quero mentir, e por fim: — Não — porque não quero mentir.

Nick é — era — essa coisa, essa pessoa, que descobri do nada e depois descobri que queria — e depois que provei, eu desejei — assim, sei que devo aceitar a derrota, porque toda esta noite foi um acidente, está claro que sim. Meu coração literalmente dói, essa merda não é consertada; dói por uma breve e inesperada dobra do tempo de querer, desejar e acreditar repentinos, mas depois não ter. A quem eu estou enganando? As melhores partes de Nick são aquelas que ele nem sabe que eu sei que ele tem — as letras, as playlists, a fidelidade — todas dedicadas a Tris.

— Já falou com ele sobre mim? — diz ela. Porque na escola, no refeitório, com todas as doces menininhas católicas enfileiradas como peças de dominó às mesas, e depois eu, Caroline e Tris, com nossos piercings, cores góticas e blusas de uniforme (mas não a minha) encomendadas num tamanho duas vezes menor, Tris se gaba de todos os caras que namora, os clubes em que entra, os passes para os bastidores de tudo, porque ela quer impressionar Caroline. Mas quando somos só nós duas em sala de aula, Tris me mostra os mix que Nick fez para ela, as músicas que ele compôs para ela, os ensaios de admissão que ele a ajudou a escrever para a FIT, "a" faculdade de moda de Nova York.

— Não, não falei com ele — eu digo. Fico feliz por não ter falado. Não queria ser a garota que tentava conhecê-lo, mas tudo o que sei dele foi o que soube pela Tris. — Por que você fez isso? — Não sei de qual *por que* eu queria ouvir a resposta: por que ela o traiu, ou por que ela o abandonou.

— Estou com fome — declara Tris, e eu tenho que concordar.

— Eu também. — Ela se levanta, eu pego a mão que ela oferece para ajudar a me levantar e não acho mais que esta seja uma troca de prisioneiros.

Seguimos a pé para a loja coreana 24 horas do outro lado da rua, e é como um instinto primal, porque nós duas vamos direto para a seção de biscoitos, ela abre um saco de Chips Ahoy, eu abro um saco de Oreos, ficamos mastigando no corredor e o dono no balcão diz assim:

— Têm que pagar por isso!

E Tris e eu dizemos, "A GENTE SABE!"

Ela encosta a cabeça em um mostruário de Fig Newtons e diz:

— Foi assim. Eu conheci o Nick. E eu o queria e o tive, mas ele não queria desgrudar, e ele era um cara ótimo, eu não podia largar dele, mesmo que houvesse outros caras na parada. — Ela coloca o polegar dentro da boca, retirando um pedaço de chocolate preso entre os dentes. — Mas aí chegou a um ponto em que ele estava escolhendo a universidade baseado em mim, pensando que a gente teria um futuro, quer dizer, ele está pronto para abrir mão de todas aquelas faculdades ótimas para ir para a Rutgers e poder ficar perto de mim, e eu fico pensando, isso não pode estar acontecendo, ele não pode fazer isso. Porque ele disse "eu te amo" e, sabe como é, eu não estava sentindo o mesmo. E eu sei que deve ser uma merda dizer isso e não ouvir o outro dizer o mesmo, mas agora eu achava que era hora de libertar o cara, assim ele podia encontrar outra pessoa, alguém que dissesse o mesmo para ele, porque alguém *devia* dizer o mesmo para ele. Imaginei que ele ficaria muito mais magoado mais tarde se eu o deixasse acreditar que tinha alguma coisa que ele não tinha, então escolhi o caminho brutal. Eu não disse "eu te amo". Eu disse, "acabou". Tenho 18 anos, estou prestes a sair da cidade para a faculdade, vou começar minha vida. Quero me divertir. Não quero compromisso e "eu te amo".

Ela se interrompe para comer outro Chips Ahoy. Depois de engolir, diz:

— Estou sendo profunda ou o quê?

A Tris Nietzsche pode ter tocado numa ferida. Tal disse que me amava, e disse repetidas vezes, mas não se diz isso a alguém para depois dizer que você não tem vivência suficiente na cama, que devia ler um livro ou aprender alguma coisa, ou que de vez em quando você devia usar batom vermelho-escuro e saia curta para ficar gostosa como a melhor amiga. Se Tal não tivesse mentido para mim quando disse que me amava, eu podia não estar sem um futuro agora; uma mané que foi tão idiota que se permitiu acreditar num falso drama de um falso deus. Não tenho certeza se um dia gostei de Tal, e muito menos o amei, e aliás, Tal, acredito que os palestinos devem ter seu próprio Estado.

Pela primeira vez na minha vida, fico sem fala. Acabei de comer meu terceiro Oreo consecutivo em menos de cinco minutos. Quando falo, sei, pelo espelho de segurança pendurado atrás de Tris e diante de mim, que estou falando com a boca escurecida de pedaços de Oreo.

— Tem que dizer a ele por quê, Tris. Ele merece saber. E pode ficar magoado para sempre se não souber.

Então Nick não vai passar por meu programa de reabilitação. Tudo bem. Ele vai arrumar uma garota, a garota certa, um dia será um ótimo namorado. Ele será o amor da vida de uma garota de sorte, e quem sabe depois de eu ter dormido após esta noite épica, eu venha a ficar feliz por ele e pelo futuro que ele espera agarrar, depois de Tris verdadeiramente libertá-lo. Então não serei parte da vida dele além deste "encontro" de nota de rodapé. Então eu tenho toda uma vida de solidão à minha frente. Tudo bem, também. Há muitas profissões para garotas frígidas. Posso me dedicar às boas causas. Vou me tornar uma humanitarista da ONU (ei, Tal, eu acredito nas Nações Unidas também, seu babaca). Tenho dois anos de escola católica nas costas. Eu podia virar freira, se acreditasse. Vou aprender a fingir, como Nick fez comigo. Vou ministrar o evangelho da compaixão, da bondade e da gentileza, sempre usar camisinha, ir das nações assoladas pela fome às zonas dilaceradas pela guerra. É possível que eu me torne uma freira que beija outras freiras — que droga, eu posso procurar Becca Weiner da colônia de férias e ver se ela está a fim —, mas sei que daqui a algumas centenas de anos, quando o papa pós-apocalipse estiver decidindo se me canoniza, ele vai fazer vista grossa para essas indiscrições e pensar, *Ora, a Santa Norah foi difícil — acontece com todo mundo.* E eu estarei flutuando em minha dimensão céu-inferno, provavelmente perto de minha base no Círculo Ártico, sabendo que a pessoa santificada que me tornei ficou assim graças a esta noite. Então eu devia agradecer a Nick, e não odiá-lo.

— Você está com o casaco dele — diz Tris. — Ele nunca me deixou usá-lo.

Esta é a Tris, cujos atos me levaram à noite do paraíso infernal, então não tenho problema em deixar que ela pague por meus Oreos. Eu a deixo no balcão, remexendo na carteira. Estou pronta para ir para casa. Estou pronta para dormir em minha cama, para acordar amanhã de manhã e pensar num plano de vida, e talvez falar com meus pais sobre conversarmos com Caroline para que consiga alguma merda de ajuda, porque se chegamos ao ponto em que Tris é uma companhia mais bacana e menos apavorante do que Caroline, então evidentemente existe um grande problema aqui.

Vou para a porta, mas não antes de conceder uma última sabedoria santificada a Tris.

— Tenha mais cuidado da próxima vez, sua louca — eu digo a ela.

Ela não desvia os olhos da carteira que vasculha, só ergue para mim o dedo médio com a unha de piranha de Jersey, pintada de preto e amarelo com strass.

— Tá legal, cretina — diz ela.

Tenho dinheiro suficiente para uma corrida de táxi para casa, e o motorista que se foda se tentar lamentar por fazer uma corrida a Jersey. Olho a rua em busca de um táxi, mas vejo Nick, encostado numa cabine telefônica na calçada da loja.

Não estou mais com ódio, nem humilhada, nem arrependida. Estou cansada demais para isso, arrasada demais e, assim, me sinto renovada.

Ando até ele e faço o sinal-da-cruz da testa dele, até o peito e de cada lado do coração, em nome do Pai, do Filho e da Santa Norah. Depois afago o rosto de Nick uma última vez, porque quero um último toque, eu mereço isso. Digo a ele:

— Você foi absolvido.

Eu me afasto, colocando o indicador e o dedo mínimo na boca para assoviar para um táxi, completamente só nesta quase manhã em Manhattan, mas me sinto protegida pelo sagrado manto de Salvatore sobre meus ombros.

Quer saber? Foda-se, vou ficar com o casaco do Nick.

11. NICK

Ela que se foda.

Ela que se foda por entrar nesse táxi. Ela que se foda por foder com a minha cabeça. Ela que se foda por não saber o que quer. Ela que se foda por me arrastar para isso. Ela que se foda por beijar tão bem. Ela que se foda por estragar minha banda preferida. Ela que se foda por mal me dizer uma palavra antes de ir embora. Ela que se foda por não acenar. Ela que se foda por ter elevado minhas esperanças. Ela que se foda por tornar minhas esperanças inúteis. Ela que se foda por ir embora com a porra do meu casaco.

Eu que me foda.

Eu que me foda por sempre entrar em situações assim. Eu que me foda por me importar. Eu que me foda por não saber as palavras que a teriam feito ficar. Eu que me foda por *não* saber o que quero. Eu que me foda por acenar. Eu que me foda por não retribuir o beijo dela do jeito certo. Eu que me foda por ter elevado minhas esperanças. Eu que me foda por não ter esperanças mais realistas. Eu que me foda por dar a porra do meu casaco a ela.

Merda.

Se eu não tivesse ficado aqueles dois minutos a mais no camarim, olhando o espelho, como se minha cara de repente fosse me dar todas as respostas que a minha mente não sabe. Se eu tivesse conseguido passar pela multidão em vez de ficar preso em seu labirinto de corpos ao acaso. Se eu a tivesse visto naquela loja antes de ela chegar à porta, se eu dissesse alguma coisa quando a vi se aproximando. Se eu conseguisse qualquer um desses "Ses" — será que eu teria sido capaz de evitar ser o inevitável fodido, uma merda toda? Meu orgulho me fez calar, minha dor me derrubou e juntos conspiraram contra minhas esperanças e deixaram que ela fosse embora.

Voltar para o clube sozinho significa derrota. Ficar do lado de fora olhando as lanternas traseiras do táxi que ela pegou significa derrota. Ir para casa e desmaiar significa derrota. Sentar na calçada e encarar o meio-fio significa derrota — mas é a derrota mais próxima, então eu me sento e começo a passar o dedo na beira da calçada. Caio ao nível do pé, que é exatamente onde eu devo estar. O pé na boca, pisando tudo, me chuta me chuta me chuta. É a Ludlow Street, então os sapatos que passam estão todos entre o hip e o pornô. Tênis com cor de néon, botas vixen, botas de salto agulha para homens e mulheres. Se eu tivesse meu violão, podia fazer alguma mudança. Mas, em vez disso, só o que eu tenho são as músicas se chocando em minha cabeça. Todas são tristes Todas são amargas. E todas são só o que eu tenho.

Eu não deixei que ela fosse embora. Ela é que se foi. Não foi culpa minha.

Ela fez isso.

Ela podia voltar atrás.

Esta sensação é tão familiar, que merda.

Por que a gente se deu a esse trabalho? Por que ficamos tão abertos a esse tipo de prejuízo fácil? Tudo isso é solidão? É medo? Ou é só para viver aqueles momentos inebriantes de pertencer a outra pessoa? Norah, você não sabe que era tão simples como o modo como você me arrastou para fora da pista de dança? Você não tem que se agarrar comigo para me tirar dali. E agora eu sei disso. E agora eu posso dizer isso. E agora você se foi.

A culpa é minha, não é?

Que se foda.

Que se foda tanta reflexão. Que se foda este tentar sem parar. Que se foda essa crença de que duas pessoas podem se tornar uma unidade ideal. Que se foda essa impotência. Que se foda essa espera de que aconteça uma coisa que provavelmente nunca vai acontecer.

— Ah, Nick... O que foi que ela fez com você?

Saltos, dedos de fora, cor-de-rosa. Olho para cima e é engraçado. Porque eu juro que é a Tris parada na minha frente, com cara de solidária. É como estar num daqueles programas de TV onde a mãe morta volta de vez em quando para conversar. Impossível, mas justo quando você mais a esperava.

— Tris — eu digo, porque não consigo pensar em mais nada para dizer.

Ela sacode a cabeça, limpa um pedaço da calçada e se senta a meu lado.

— Cadê a Norah? — pergunta ela.

Eu dou de ombros.

— Deve estar a três quartos do túnel Lincoln.

— Ela não podia entender — diz Tris, pegando um cigarro, depois me passando o isqueiro para eu acender. — Nunca. Coloque a garota no lugar certo e ela vai se recusar a admitir que o lugar é ali. Uma vez a gente estava indo nadar sem roupa. Não era grande coisa. Todo mundo tem piscina. Sabe como é. Mas eu podia dizer de cara que não havia como a Norah fazer isso. O cara de que ela gostava... mas que merda, acho que era Andy Biggs... bom, ele ia estar lá. E ela não queria vê-lo desse jeito. Mas ela protestou? Não. Armou uma briga? Não. Ela foi com a gente, bancou a DJ por um tempo, e quando estava na hora de tirar a roupa e entrar na água, ela desapareceu. Andou tipo 3 km para voltar para casa sem dizer nada. No dia seguinte, nem fingiu que estava doente nem nada. Não tentou explicar nem nada.

Tris não falava tanto assim comigo há quatro semanas — não, mais do que isso. Porque, perto do fim, todas as palavras começaram a partir. Exceto aquelas que tinham que encerrar o final da noite.

Não sei se posso tocar nela. Quer dizer, estender o braço 5 ou 10 centímetros e deixar minha mão cair no braço dela. Sentir como é novamente. Ver se ela sente o passado, ou alguma coisa num pretérito diferente.

— Não — diz ela. — Não vem bancar o pateta pra cima de mim, Nick. Porque se fizer isso, vou dar o fora daqui mais rápido do que a Norah, entendeu?

Eu assinto. Procuro não olhar a pele dela.

— Ótimo. — Tris solta um sinal de fumaça. — Não quero falar sobre a gente.

Você jamais quis, eu penso.

Quando alguém termina com você, a beleza desse alguém — que você aceita com tanta satisfação — de repente fica injusta. É como o que acontece com a Tris agora. Ela até conseguiu se colocar da melhor forma sob a luz do poste, então as sombras atingem da maneira certa. Parece uma repreensão.

Ficamos sentados em silêncio por um segundo. Ela dá um trago. Ela é cinema e eu sou a merda de uma sitcom. O silêncio não a incomoda em nada, mas me deixa em pânico. Então faço o que sempre jurei não fazer e sempre me vi fazendo. Solto um "sinto a sua falta" à meia-voz. Até para mim parece vazio. Como se eu não estivesse dizendo isso à pessoa certa.

— Não comece com isso de novo — diz Tris, mas sem a tensão que eu esperava. — Só o que isso prova é que eu não sinto o mesmo. — Outro trago no cigarro e uma orelha virada para o clube. — Eles estão arrasando hoje, né? Pensei que o sucesso ia estragá-los, mas talvez eu estivesse enganada. Eu devia ter dormido com o Owen O. quando tive essa chance. Depois eu estaria só a um grau de me espalhar como qualquer estrelinha de filme adolescente que pegou o cara primeiro. Só espero que não batizem a filha deles com um nome de fruta.

— April — eu digo.

— Quê?

— April. Você disse que queria que sua filha se chamasse April.

Tris me lança um olhar de curiosidade.

— Eu disse? Não sei se é um amor ou apavorante você se lembrar disso.

Encontro coragem para perguntar:

— Mas o amor e o medo não são a mesma coisa para você?

Ela sorri um pouco para meu *insigth* e assente.

— Talvez. Me desculpe.

— Desculpe?

— É. Estou pedindo desculpas.

Ela puxa mais a brasa, sem olhar para mim, mas olhando os punks que andam pela rua na nossa frente.

— Tris, eu...

— Você gosta dela?

— Como é?

— A Norah. Você gosta dela?

— Dá para gostar de alguém que te deixa totalmente confuso?

— Claro, porra.

— Eu te deixo totalmente confusa?

É só uma pergunta, mas desta vez Tris *está mesmo* irritada, batendo o cigarro na minha direção para que a cinza caia na minha camiseta.

— Cala a boca, tá legal? — diz ela. — Já chega. CHEGA. Sim, você me deixa totalmente confusa. Porque não só você não consegue largar mão, como nem percebe que a coisa a que está se agarrando *nem está mais lá*. Você acha que eu te magoei? Bom, eu posso te magoar muito mais.

— Como? — tive de perguntar.

— *Dizendo a verdade*, Nick. Pensei que você tivesse visto. Pensei que podia deduzir. Eu não fazia idéia de que você era completamente cego. E sim, eu podia ter dito. Mas você estava tão vulnerável, porra, que não consegui. E depois eu já havia te magoado mesmo. Mas que merda, Nick... Você *precisava* ser magoado. Precisava que a verdade fosse esfregada na sua cara.

— Mais parece uma facada do que uma esfregada — eu digo a ela, só para ela saber.

— Para mim, foi esfregada — responde Tris. — Mas tanto faz. Este assunto, nós já esgotamos. O assunto de Norah e você, não. Deixa eu te dar um conselho de graça. Ela é de fugir, sem dúvida... Ela vai fugir o tempo todo sem dizer nada. Mas aí é que está a questão... Você *não* é de fugir. E, no fundo, não acho que Norah queria fugir também. Ela só acha que tem que fazer isso. Em parte porque ela é uma mimadinha entediada e inteligente sem nenhum senso da moda. E em parte porque ela é um ser humano.

O que ela diz faz sentido, e isso também é como uma repreensão. *Por que não pudemos ter essas conversas quando estávamos juntos?*, eu penso. E depois percebo o que fiz — fiz de *quando estávamos juntos* um lugar separado, quase distante. Ainda sinto a dor, mas sinto muito menos vontade de mitigá-la.

— Cansei de você por esta noite — diz Tris, levantando-se. — Ache outra fodida e tenham filhos fodidos juntos. Não dê a eles nenhum nome de fruta ou de meses. Seja original e batize-os como crianças.

— Mas ela foi embora — eu digo.

Tris bufa.

— Nick, a Norah não *foi embora*. Ela claramente está em algum lugar. Só o que tem de fazer é descobrir onde.

— Tem alguma idéia? — pergunto.

— Nenhuma — responde Tris, saindo da minha vida mais uma vez. — Está por conta própria.

Eu a deixo partir. Olho-a andar em direção à explosão de música que berra da porta aberta do clube.

Depois olho a calçada e tento mapear as possibilidades.

12. NORAH

Ainda estou com fome.

Também estou cansada, e mesmo assim ainda vagamente interessada em minha vida futura de santidade. Eu mordo. O Oreo passado que estou mastigando no táxi, com a parte do biscoito úmida e nada crocante, o miolo branco quase gelatinoso — como um sanduíche de sorvete à temperatura ambiente — é ótimo, mas nem chega perto de matar essa fome. Não sei bem se o morder vem do meu estômago ou dos arredores árticos dessa área que, mais cedo, sinistramente derretia sob o efeito estufa do toque de Nick.

— Nós vamos ou não? — me pergunta o taxista. Ficamos parados por cinco rotações do sinal na Houston com a West Broadway enquanto eu decido para onde ir. O taxista está aturando minha incerteza porque tem esperanças de que eu não cumpra minha ameaça de ou ir para Jersey ou dar uma queixa formal se ele me falar mais alguma merda sobre sair da cidade.

— Para onde, senhora?

EU NÃO SEI, PORRA!

Só consigo processar dois pensamentos racionais. (1) Eu queria mais Oreos velhos daquela loja coreana e (2) Não quero que um cara imbecil seja o motivo de eu parar de gostar do Where's Fluffy. Preciso apagar a lembrança de minha música preferida do Fluffy, o hino aos direitos dos gays, *Lesbian Lap Dance*, do ser minha última lembrança da banda, a música que eles estavam tocando quando o gênio aqui decidiu pegar Nick pela mão para alguma ação de stripper. Preciso voltar àquela merda de clube.

— De volta à Ludlow — eu digo ao motorista.

Será que fui longe demais com Nick, ou não fui longe o bastante? Ou é assim porque eu simplesmente não sou nada atraente? Eu nunca devia ter deletado todos aqueles spams anunciando suplementos vitamínicos para seios mais cheios e mais firmes. Sou mais bem abastecida do que Caroline e Tris, mas os meus apontam para o lado errado — para baixo e para fora, em vez de para cima e para dentro. Provavelmente está na hora de eu acordar e aceitar a realidade de que posso precisar de uma plástica.

O taxista suspira, sacode a cabeça, depois faz uma manobra ilegal atravessando quatro pistas de trânsito de onde estávamos em ponto morto, junto ao meio-fio. Ele aumenta o volume do rádio, talvez na esperança de não me ouvir se eu mudar de idéia mais uma vez. Não sei como um ex-jogador de futebol do Cazaquistão pode estar dirigindo uma lata-velha de táxi por Manhattan e ouvindo a estação Z100 em vez da padrão 1010 WINS (só noticiário, totalmente deprimente o tempo todo), que eu sempre achei que era a regra fundamental da etiqueta do rádio dos táxis. Todo mundo tem a sua história.

A Britney vintage canta na rádio de música pop; ela sabe sobre tóxicos. Nick deve pensar que eu sou tóxica, saqueando-o numa salinha no show do Fluffy. Ele não tenta me impedir quando eu saio da sala, ou quando eu o deixo para entrar neste táxi. Ele nem me acena um adeus.

O táxi desce pela Bowery, zumbindo perto do clube onde mais cedo Nick perguntou se eu seria a namorada dele por cinco minutos, depois me fez gostar dele, depois olhou bem para mim e fez uma declaração pública com aquelas palavras mágicas — "PORRA-MERDA-CARALHO" — que me deixou sem escolha a não ser tentar seduzi-lo. Lembro de ver Crazy Lou no show do Where's Fluffy, muito depois de expirados aqueles cinco minutos. Lou só sairia de seu próprio clube e deixaria que outro fechasse o estabelecimento se...

— PARE! — eu grito ao motorista, mais alto do que a música. Já estou onde devia estar.

O taxista pisa no freio com tanta força que eu atiro meus biscoitos — verdadeiramente. O solavanco derruba meu saco de Oreo no chão. O táxi pára, o pôster do rei cazaque vira e do outro lado da divisória de plástico ele grita para mim:

— O QUE A SENHORA QUER, AFINAL? QUAL É O SEU PROBLEMA?

Tal está do outro lado da rua, conduzindo os que ainda restavam lá dentro para fora do clube, fechando o estabelecimento do tio. Seu pós-show de sempre, a camisa de Tal está pra fora da calça e ele varre a calçada. Lembro-me do peito de Tal, seus músculos magros, esquelético demais, vegan demais. Lembro-me de minhas mãos no peito de Nick. Eu gostei de tocá-lo. Eu tinha no que me segurar. Quero tocá-lo.

Não sei qual é o meu problema, taxista. Mas se estou destinada a uma vida de solidão e celibato, não há alguma regra que me dê o direito a uma última chama de glória? Um último saque?

Por três vezes eu começo a sair do táxi para buscar o último ritual. Seguro a maçaneta na porta e conto o dinheiro na carteira. Por três vezes eu paro e volto a me sentar, imóvel.

— O que vai ser? Vai entrar ou vai sair? — pergunta o taxista.

No final da música da Britney, posso ouvir The Clash gemendo em minha cabeça *Should I Stay or Should I Go?*

Não consigo pensar com todas essas vozes! Digo ao taxista:

— Calminha aí, porra. — Aposto que o Where's Fluffy está tocando aquela música conservadora e reacionária agora mesmo. Que merda que estou perdendo. É culpa do Nick.

De repente, o taxista se vira para mim.

— Quer ficar sentada neste táxi e decidir para onde vai, eu não ligo. O dinheiro é seu. — Ele aponta o taxímetro, ainda correndo. O tempo sempre está acabando comigo. — Mas vou lhe dizer o que eu digo a minhas cinco filhas quando elas ficam atrevidas. É com um cavalheiro que você está falando, e não um diretor de elenco de *Os Sopranos*. Cuidado com a boca ou te ponho para fora do táxi.

— Tudo bem — eu digo. — Me desculpe. — Aposto que ele é um pai bem legal. Aposto que as filhas dele fazem seus pratos preferidos do Cazaquistão e o apoquentam sobre fazer exame da próstata regularmente. — Mas poderia pelo menos mudar de rádio?

— Feito — diz ele. A emissora seguinte está tocando *I Fall to Pieces*, de Patsy Cline. Só o que posso fazer é chorar. O taxista me passa uma caixa de Kleenex. — Quer conversar?

— Os homens são uns idiotas — eu digo a ele, fungando. Se sou uma piranha pavorosa do planeta Esquizofrenia, é porque os meninos me fizeram assim. — Espero que suas filhas não namorem nenhum deles.

— Eu tento fazer com que não — ele ri. — Bem que eu tento.

Peço ao motorista para desligar os faróis enquanto estamos em ponto morto em outro meio-fio. Quero pensar antes de decidir se vou ou não falar com Tal e não quero que Tal perceba que estou neste táxi antes de eu ter tempo de chegar a alguma conclusão.

Da última vez em que vi Tal, foi também no clube de Lou, antes de Tal ir para o *kibutz*, pouco depois de ele largar a Columbia. Estávamos no corredor dos fundos depois de um show, o salão do clube vazio e escuro, cheirando a cerveja, urina e cigarros, sujo de garrafas, copos, camisas e a energia gasta acumulada daquele *mosh* da noite. Tal assomou junto de mim — o Tal alto demais, ele tem quase 1,90m — e teve de agachar para encontrar meus lábios. O beijo foi molhado, escorregadio. Antigamente eu desconfiava de que era assim mesmo, mas antes eu não tinha muito com o que comparar. "Norah", sussurrou Tal, e foi a metade israelense de sua inflexão que eu ouvi, considerando que a outra palavra batida do vocabulário em inglês dele — "baby" — em geral saía com o lado americano de seu sotaque. Quando eu tinha 16 anos, seu sotaque israelense dizendo "Norah" me excitava, mas aos 18 eu ouvia de um jeito diferente: estranho, feio, como catarro sufocando no fundo da garganta, não era nada devasso.

Caroline tinha dois caras brigando por ela na calçada do clube e acho que Tris devia estar com Nick a essa altura, porque eu estava totalmente sozinha com Tal, sem mais nada para fazer. Foi logo depois de nosso quinto e supostamente último rompimento, e só o que eu queria de Tal era que ele calasse a boca para podermos voltar ao que interessava. Tal em geral preferia ler a *Forward* enquanto batia punheta em seu alojamento em vez de transar comigo. Então deve ter sido um sonho virando realidade para ele no corredor de trás do clube — ali estava eu, fazendo o trabalho por ele, sem querer nada em troca. Ele ficou satisfeito em deixar que acontecesse e não falou comigo nem retribuiu os afagos.

Eu estava dormente lá dentro, minha mão enrijecida do movimento. Tal não protestou quando saí do corredor para entrar no escritório de Lou. Ele sabia aonde eu ia. Gostava de ficar esperando pelo alívio. Achei o hidratante na sala de Lou. Eu pretendia terminar o que começara, mas ao sair daquele momento, mesmo brevemente, acabei mudando de idéia. E pensei, posso ser a maior careta do mundo porque não bebo, não fumo nem me drogo, mas que importância tem tudo isso em comparação ao quanto estou me diminuindo com Tal? Ele é meio assustador; e nem gosta de mim. Eu me perguntei: era assim por eu ser frígida, ou só não tínhamos química nenhuma?

Coloquei o frasco de hidratante de volta na mesa e saí pela porta dos fundos do escritório para o beco, para me aliviar. Eu não vi nem soube de Tal desde então, até esta noite. *Ela anuncia um ótimo jogo, mas quando você realmente entrar em campo, vai perceber que está vazio.* Acho que eu não deveria ter ficado tão puta com a análise que Tal fez de mim para Nick hoje mais cedo. Pelo menos o deixei com dor no saco.

Estou curiosa para saber como Tal voltou para meu mundo, mas sair deste táxi para fazer a pergunta a Tal — *Por que você voltou a Manhattan?* — pode ser um desperdício de tempo maior do que o taxímetro que estou permitindo correr, devorando meu tempo e dinheiro enquanto estou sentada no banco traseiro. Por que ninguém vem aqui? Só palavras desafiam essa resposta. A pergunta é grande demais.

Independente do motivo para Tal ter voltado, tenho certeza de que ele não voltou por minha causa. Mas se foi assim, ele é ainda mais idiota do que eu. Como é que duas pessoas com pontuações tão perfeitas no SAT podem ter tão pouca inteligência quando se trata do relacionamento?

Patsy terminou de se dilacerar e agora é Merle Haggard que está me insultando pelo rádio. A música é *Always Wanting You*, uma das favoritas do meu pai, onde um Merle cínico e magoado canta sobre sempre querer mas nunca ter o amor dele, e sobre como será difícil encarar o amanhã porque ele sabe que vai querê-la novamente. Está condenado.

Se eu tivesse conseguido ficar naquela salinha com Nick, podia ter encontrado novos graus de querer, tentado novos movimentos, aqueles que Tal nunca me inspirou. Comigo e com Tal, era para cima/para baixo e entra/sai direto. Se Nick tivesse me imprensado na parede agora, eu seria mais imaginativa do que jamais fui com Tal, afagando em vez de puxando, ajoelhando e enfiando, tateando e roçando, duas mãos em vez de uma, o arranhar suave das unhas incluído nisso. Talvez eu pudesse inspirar Nick a ser um pouco imaginativo comigo também. Quando Tris terminou com ele, ela disse que sabia que o havia magoado, mas também lhe fez um favor. Ela o mandou de volta ao mundo com mais habilidades em relação às mulheres de seu futuro, e isso ele podia agradecer a Tris, porque certamente não as tinha quando ela o descobriu. Maldita Tris e seu conhecimento tântrico.

O amanhã já chegou e eu verdadeiramente estou sentindo o agridoce da música de Merle. Eu não devia, mas sinto. Ainda quero Nick.

Eu devia ter confiado nele.

Um jorro de lágrimas desce por meu rosto e substitui a faísca de luz inspirada pela música de Patsy.

Ele que se foda. *Eu* que me foda.

Finais felizes não acontecem. Merle Haggard sabe disso, e agora eu também sei.

Tá legal, eu sei de algo que quero, algo que eu *posso* ter. Quero dar um fim definitivo à espiral de regressão com Tal. Então talvez eu me perca com Nick. Mas pelo menos agora eu sei. Existem Nicks lá fora.

Também quero um *borscht* agora.

— Pode ligar os faróis, por favor? — peço ao motorista. Dou o endereço do restaurante ucraniano 24 horas no East Village, que é o único lugar com que Tris, Caroline e eu concordamos. Depois que começamos a vir a Nova York sozinhas para ouvir música — assim que conseguimos esticar com sucesso as fronteiras impostas pelos pais até que as restrições e toques de recolher não só foram suspensos mas banidos, porque agora estávamos crescidas, a gente enfim podia aprontar o que quisesse — nós três às vezes encerrávamos a noite, pelo menos aquelas que não terminavam em brigas, ficadas ou desmaios, no restaurante com um ótimo *borscht* e o banheiro limpo. Pergunto-me se nós três voltaremos a este restaurante juntas, ou se essa época acabou, como a minha e de Tal, e a de Nick e Tris.

— Boa decisão — me diz o motorista. Ele estivera observando pela janela os movimentos de Tal varrendo.

Eu penso em tirar uma soneca pela curta viagem até o East Village, mas meu peito está tocando. Que merda é essa? Esqueci que estava com o casaco de Nick — quer dizer, meu casaco. Ponho a mão no bolso e pego uma nota amassada de dez dólares e um celular pequeno que tem um adesivo com a foto de Tris. Eu nem teria imaginado que Nick era do tipo que tinha celular, mas depois eu me lembrei, Tris deu o telefone a ele de Natal. Ela fala a sério quando quer marcar em cima de um cara, quando está desse jeito com ele. Tiro a foto de Tris do telefone e a colo no mapa da cidade atrás da divisória de plástico do táxi, acima da imagem do Empire State, numa posição tal que o prédio parece estar mostrando o dedo a Tris.

Não sei se devo atender ao telefone de Nick. O nome que pisca é "tHom".

Sou uma pessoa horrível. Deixo que dois estranhos levem minha maninha. Pelo que sei, Thom e Scot podem ser um casal de *serial killers*, os Ted Bundy e Aileen Wuornos da cena punk-rock de banda de garagem de Nova Jersey. E se Caroline acordou e está procurando por mim, como depois que a mãe dela morreu e o pai foi procurar uma mulher mais nova, e Caroline acordava no meio da noite, assustada e sozinha, e pulava a cerca da minha casa? Não, eu não devia me preocupar. Meu instinto pode ter se enganado que Nick tenha se sentido atraído por mim, mas não se enganou que os amigos dele fossem gente boa. Eles a levaram para casa.

Eu atendo.

— Thom? A Caroline está bem?

— Até que enfim! — diz ele. — Está bem, ela ainda está dormindo. Parece feliz. Fica murmurando uma coisa sobre desenho animado e rosquinhas de café-da-manhã. Mas estou tentando falar com o Nick há uma hora. Você não ouviu o telefone? Scot e eu nos perdemos na saída do estacionamento e depois, bem, nos distraímos na parada e o endereço na minha mão ficou borrado. Estamos sentados no estacionamento da 7-Eleven. Não faço idéia de onde estamos ou como chegar na sua casa.

Tento falar com Thom, deduzir onde ele está, mas ele me confunde mais e eu me perco novamente. O taxista pisa nos freios de novo. Acho que agora estamos perto de St. Marks Place.

— Me dê isso — diz o motorista, apontando para o celular. Me agrada que ele respeite a lei e não tente usar o celular de Nick com o carro em movimento.

Eu passo o telefone e o taxista fala com Thom, deduz onde ele está e como chegar em minha casa em Englewood Cliffs, depois me devolve o celular.

— Toma, o Thom quer falar com você de novo.

— Oi de novo — digo ao telefone.

Ouço Thom rir.

— E como é que está indo? Como foi o encontro com Nick? Você o ama, né?

— Foi ótimo. Vamos nos casar.

— É mesmo? Posso falar com ele?

— Não.

— E por que não?

— Não tenho idéia de onde ele está. — Desligo o celular.

Chegamos ao restaurante.

— Você vai entrar? — pergunto ao motorista. — *Borscht* e *pierogies* por minha conta.

Ele sorri para mim. As filhas dele devem ter umas lindas fotos de família da Sears penduradas em sua casa.

— Obrigado, mas sou um trabalhador. Tenho que continuar trabalhando. Mas pode ficar com o Kleenex.

Pego a caixa de Kleenex no carro e dou minha nota de cem dólares ao motorista, todo o meu dinheiro para o táxi de emergência que meu pai colocou no compartimento secreto da minha carteira. Só tenho dinheiro agora para comer alguma coisa e pegar o ônibus de volta a Englewood Cliffs, então vou ter que fazer hora no restaurante até que os ônibus voltem a circular.

Uma louca está parada na entrada do restaurante, segurando uma lata cheia de café, a Bruxa Malvada do Lixo. Ela arregala os olhos para mim, parando na área do meu peito. Talvez saiba alguma coisa sobre os suplementos vitamínicos. Ela me diz:

— Salvatore está procurando por você.

Eu ponho a mão no bolso do casaco, pegando a nota amassada de dez dólares. Coloco o dinheiro oculto de Nick na lata da bruxa.

— Não está não — eu garanto a ela.

13. NICK

A vida falha. As músicas, nem sempre.

Estou no meio-fio. Apreendendo tudo, inclusive o nada. Onde estou, como estou, quem eu sou, o que não sou.

Começa a vir a mim.

na Ludlow
o mundo é tão lento
tudo que não sei e já não agüento
se fecha

na Ludlow
a sombra na calçada
pede para não ser atravessada
mas você não ouve

Tá legal, Nick. Mais alto.

QUEM VAI SE DESCULPAR
POR COMO SOMOS?
QUEM VAI NAVEGAR
QUANDO FORMOS LONGE DEMAIS?
RESPONDA A MIM
RESPONDA A ISSO
RESPONDA A TODAS AS PERGUNTAS
QUE TENHO MEDO DE FAZER

NA LUDLOW
VOCÊ ME DEIXOU SABER
E EU A DEIXEI SEM QUERER
E ESTAMOS ERRADOS ERRADOS
ERRADOS

NA LUDLOW
HÁ UMA SOMBRA
QUE REVELA A VERDADE
E ESTAMOS ERRADOS ERRADOS
ERRADOS

NUNCA MAIS
É O QUE SEMPRE DIGO

NUNCA MAIS
É O QUE SEMPRE DIGO

NUNCA MAIS
É O QUE SEMPRE DIGO

Baixando agora.

na Ludlow
só uma pedra é atirada
de onde podemos ir
para onde estamos

na Ludlow
me encontre na Ludlow
na Ludlow
me encontre aqui...

— Cara! Isso é demais!

Dev me dá um tapa nas costas e se senta ao meu lado, o cabelo uma bola de suor de tanto dançar, a umidade deixando sua camisa ainda mais apertada do que quando a noite começou.

— Você não estava vendo o Where's Fluffy?

— Não. Eu precisava dar um tempo. Acha que é fácil ser o vocalista menor de idade mais lindo da cena gay? Não consigo ralar o tempo todo, cara.

— Cadê o Randy?

— Quem?

— Randy.

— Hein?

— Do Are You Randy?. Você estava com ele antes, né?

— Ah! Quer dizer o Ted! Ele vai sair daqui a pouco. Queria dançar a última música. Ele não é de alta voltagem?

Dev tem seu brilho malicioso e encantador nos olhos, então eu assinto, concordando. Às vezes Dev só tem a malícia e nada do encantamento — e é quando eu em geral me preocupo com o coração do outro cara. Mas quando Dev é mordido pela mosca da síncope, eu sei que não é só sexo que ele quer.

— E cadê a Tris? — ele pergunta agora.

— Lá dentro. Por quê?

— Sei lá. Imaginei que os dois estariam juntos.

— Dev... A Tris e eu terminamos tipo há quatro semanas.

— Porra! Eu me esqueci total. Desculpa, cara.

— Tudo bem.

Dev olha para mim por um momento, depois bate na testa.

— Peraí! Teve outra garota essa noite, não foi? Eu vi vocês, tipo assim, se apalpando.

— Pode-se dizer que sim.

— Foi o que eu fiz!

— O quê?

— Eu disse. Eu podia, e disse.

Isto, para Dev, é o que costuma passar por genial.

Agora ele coloca o braço em volta de mim, aninhando-se. Ele adora fazer isso, e eu nunca me importo. Não é sexual, mas reconfortante.

— Meu pobre hetero caretão — diz ele. — Ninguém deve ficar sozinho numa noite dessas.

— Mas eu tenho você, Dev — respondo, tentando animar um pouco as coisas.

— É bem verdade. Pelo menos até Ted voltar.

— Eu sei.

— Sabe do que se trata tudo isso, Nick?

— Do que se trata tudo isso?

— Disso, Nick. É *disso* que se trata.

— Não.

— Os Beatles.

— O que têm os Beatles?

— Eles sacaram.

— Sacaram o quê?

— Tudo.

— Como assim?

Dev tira o braço e o coloca no meu, pele com pele, suor com suor, toque com toque. Depois ele passa a mão na minha e entrelaça os dedos.

— Isto — diz ele. — É isto que os Beatles entendem.

— Acho que não estou acompanhando...

— Nas outras bandas, é sobre sexo. Ou dor. Ou uma fantasia qualquer. Mas os Beatles, eles sabiam o que estavam fazendo. Sabe por que os Beatles ficaram tão importantes?

— Por quê?

— *I Wanna Hold Your Hand.* O primeiro single. É brilhante, porra. Talvez a música mais brilhante que já foi composta no mundo. Porque eles sacaram. É o que todo mundo quer. Não sexo quente o dia todo, sete dias na semana. Nem um casamento que dure cem anos. Nem um Porsche, um boquete ou um barraco de um milhão de dólares. Não. Eles querem segurar a sua mão. Eles têm um sentimento que *não conseguem esconder*. Cada canção de amor de sucesso dos últimos cinqüenta anos pode remeter a *I Wanna Hold Your Hand.* E cada história de amor de sucesso tem esses momentos insuportáveis e intoleráveis de mãos dadas. Acredite em mim. Eu pensei muito nisso.

— *I Wanna Hold Your Hand* — repeti.

— Você já está segurando, meu amigo. Já está.

Ele agora fecha os olhos, os dedos ainda curvados nos meus. Até a respiração de Dev é rock 'n' roll, cheia de golpes e alvoroço. Tombo a cabeça em cima da dele. Ficamos sentados ali por um segundo, vendo o trânsito.

— Acho que ferrei tudo — eu digo.

— Com a Tris?

— Não. Com a Norah. Com a Tris, nem tive a chance. Mas hoje, com Norah... Eu podia ter tido uma chance.

— E daí?

— Daí o quê?

— O que você vai fazer com isso?

— Não sei... Ficar remoendo?

Dev tira a mão da minha e me aperta de leve no ombro.

— Você fica lindo quando está triste — ele me diz —, mas neste caso acho que pode ser vantajoso um rumo mais diligente.

— De onde foi que você tirou tantas palavras complicadas? — eu tenho de perguntar.

— De você, idiota. "Se você banca o corajoso/pode ser vantajoso/me fazer bancar o corajoso/em todas as suas páginas em branco"... Acha que eu, tipo assim, aprendi essas músicas foneticamente?

— "Meu amor não é hipotético/nem pronunciado por sua fonética/então pode ser herético/se você não me amar também" — cito em troca.

Dev assente.

— Exatamente.

— De onde a gente inventa essa merda? — pergunto. — Quer dizer, de onde vieram todas essas palavras? Estou sentado aqui nessa calçada e elas só *aparecem* para mim.

— Talvez elas sempre tenham estado aí e você só precise viver o bastante para que elas façam algum sentido — diz Dev.

Alguém assovia como um passarinho cantando atrás de nós. Dev e eu nos viramos e lá está Ted saindo do clube, brilhando feito diamante sob um refletor. Ele mantém uma distância respeitosa, mas sei que está esperando.

— Vai segurar a mão dele? — pergunto a Dev, de brincadeira.

— Ah, claro que sim — diz Dev, sentando-se reto agora. — Não me leve a mal... Hoje vamos caprichar totalmente na ação. E, se conseguirmos fazer diversos, vai parecer um aperto de mãos.

Não é possível que Ted tenha nos ouvido. Mas quando Dev vai até ele, Ted oferece a palma da mão. Eu os olho andar pela rua, de mãos dadas. Não acho que eles percebam, mas as pernas estão num ritmo perfeito. Antes que dobrem a esquina, os dois se viram em um só tempo e acenam um boa-noite para mim.

Estou sozinho de novo. Decido ver meus recados... E percebo que não só perdi a porra do casaco, como também perdi a porra do celular. Tantas indignidades, e eu começo a me sentir indignado. Mas não é *nada* comparado com tentar encontrar um telefone público na Ludlow Street às três da manhã. Volto para a Houston antes de encontrar um na esquina de uma deli. O fone parece estar coberto de algas e o tom de discagem parece vir da Dakota do Norte. As primeiras moedas de 25 cents são devolvidas à fenda. Estou a ponto de perder completamente a cabeça, mas então as duas moedas seguintes ficam e o botão de volume funciona o suficiente para eu poder realmente ouvir o telefone tocar.

Norah atende no quarto toque.

— Quem é, caramba? — pergunta ela.

Quer dizer, eu sabia que ela atenderia. Mas ainda assim, fico mudo.

— É o Nick aí? — pergunto eu por fim.

— Não — diz ela. — Ele está combatendo uma ameaça menor. Quer ligar de novo para deixar recado na caixa postal?

É como se eu não pudesse evitar. Eu caio completamente na conversa com ela.

— Pode dar um recado a ele? — pergunto.

— Vou precisar de caneta? Porque se for assim, você está sem sorte nenhuma.

— Não. Pode só dizer a ele que ele ferrou tudo quando deixou a Norah entrar naquele táxi?

Uma pausa.

— Quem é, porra?

— E pode dizer a ele que estou aliviado pra cacete por ele finalmente ter se livrado da piranha da Tris?

— Tá brincando, né?

— E pode passar o recado de que não basta ficar sentado numa calçada compondo uma música para uma garota se você não tem coragem de pelo menos tentar falar com ela de novo?

Outra pausa.

— Tá falando a sério?

— Onde você está?

— No Veselka. E você?

— Não importa — eu digo. — Vou pro Veselka agora, mas nesse meio tempo, pode dar meu recado?

Eu desligo antes que ela possa responder.

14. NORAH

É uma grosseria tão grande desligar desse jeito na cara de uma pessoa.

Eu me recuso a acreditar que esse telefonema aconteceu. Estou tão sonolenta que fico alucinando.

Só por segurança, eu entro no banheiro, jogo uma água fria no rosto para acordar, passo os dedos pelo cabelo para deixar tudo arrepiado de um jeito mais atraente, mas não tão atraente que pareça que eu arrepiei, porque me importo com o que parece, e meto a mão por dentro da blusa para arrumar os peitos. Salvatore desvia os olhos.

Quando volto à mesa, está tomada de comida: a tigela de *borscht* (melhor do que a da minha avó, mas nunca vou admitir isso na frente dela), meia dúzia de *pierogies*, um pouco de *kielbasa*. Os *blintzes* devem vir logo. O que posso dizer, eu estou com muita, muita fome e estou com desejo *louco* de comer carne. Posso deixar os restos para aquela bruxa da porta ou outro alguém da rua.

Mergulho na comida como se tivesse acabado de ser libertada da prisão. Acho que tenho *borscht* escorrendo por meu queixo quando consigo erguer os olhos do meu pequeno ritual de inalação. Ele está aqui. Mas que merda. Memorando para Merle Haggard: os milagres realmente acontecem.

Ainda estou constrangida, mas também me lembro, estou renovada, destinada a meu futuro certo como humanitarista da ONU. Estou imune a me atirar pra cima dele de novo, vendo como me comprometi com uma vida futura de solidão e celibato. Provavelmente não vai ser tão ruim. Nunca vou pegar DST, nunca terei de me preocupar que uma camisinha fure de novo, e a falta de sexo — ou até de pensar nele, de querer, de lutar por ele —, deve me levar a um plano superior de iluminação, como o Dalai Lama. Tudo isso é bom. A balança zerada. Nick pode relaxar. Eu não vou devorá-lo também.

No começo Nick não fala nada, só se senta e passa manteiga numa torrada *challah* e fica nisso, retribuindo meu fervor. Entre as dentadas, ele pergunta:

— Pra quantas pessoas você pediu comida mesmo? — Ele toma um gole da minha Coca, arrota, depois repete as últimas palavras que disse a ele. — "Você foi absolvido?" Que merda isso significa? — Ele parece hostil, mas tem um meio-sorriso fustigando a boca.

Estou decidida a ficar na minha, mas a verdade é que eu quero lamber o cara todo. Nem acredito que ele está aqui. Quero fazer coisas bem nojentas a ele. Com ele.

Procuro parecer blasé.

— Quer dizer que nos conhecemos em circunstâncias estranhas e passamos algumas horas estranhas juntos, mas só porque eu me fiz de idiota não quer dizer que você tenha que ser o Cara Legal e tentar pressionar ainda mais nosso sei-lá-o-quê. De qualquer forma, nem nos conhecemos e nunca fomos apresentados direito...

Nick me interrompe estendendo a mão, escorregadia de vestígios de manteiga.

— Meu nome é Nick — diz ele. — Sou de um lugarzinho violento e divertido chamado Hoboken. Where's Fluffy era minha banda preferida até esta noite. Eu componho músicas. Fui largado por uma gnu, mas estou tentando superar isso. E você?

Sacudi a mão dele e tentei reprimir um sorriso. Não devo isso a ele.

— Meu nome é Norah — eu digo. — Da porra de Englewood Cliffs nada divertida. Where's Fluffy também era minha banda preferida até esta noite. Adoro as músicas que você compõe. Eu larguei um gnu e ele me largou e teve aquela espiral de infelicidade interminável, mas também estou superando.

— Oi, Norah — ele diz.

— Oi, Nick — respondo.

— Pode devolver o meu casaco?

— Não. — Eu mereço alguma recompensa por minha rejeição e por minha vida futura de celibato e boas obras.

— Por quê?

— Porque Salvatore quer que eu fique com ele.

— Ele te disse isso?

— Disse.

— Mas e se o casaco não pertenceu realmente a Salvatore? E se não cabe a ele dar a você? E se ele, na verdade, pertencia ao gêmeo maligno dele, Salamander, que só tem o nome de Salvatore impresso na jaqueta para as pessoas o confundirem com o gêmeo bom, e Salamander ficar livre para cumprir sua nefasta missão na vida?

— Que nefasta missão seria essa?

— Sabe como é, dominar o mundo, essa coisa toda.

— Dominar o mundo é cansativo e clichê. As pessoas devem se concentrar em ser cidadãos responsáveis da terra, em vez de babacas. E você pode dizer isso a esse Salamander da próxima vez que ele aparecer para pedir o casaco de volta. Diga a ele que eu e Salvatore estamos dando início a nossa própria nova ordem mundial. É o movimento O Frio Que Se Foda e Deixa a Garota Ficar com o Casaco.

— Vai ter camisetas e bottons nesse novo movimento?

— Provavelmente. Também estamos procurando um logotipo, talvez até uns endossos corporativos para produtos com a Nike e a IBM.

Não percebo que estou rindo, nem me mexendo, até que Nick tira um fio de cabelo que caiu na minha cara, colocando atrás da minha orelha, e por um segundo percebo minha respiração no braço dele. Porque agora estamos nos olhando nos olhos e existe a possibilidade de perdão, e a possibilidade é mútua, e por esse segundo meu estômago sente uma sacudidela momentânea de esperança; é a mesma sensação do medo, e como eu sou uma mané que nunca aprende, eu solto essa:

— Na verdade, eu meio que já conheço você.

— Hein? — diz ele.

O monte de comida se infiltrou em meu cérebro, deixando-o nebuloso, incapaz de distinguir entre dar mole e falar demais.

— Sinto que conheço você, através da Tris. Ela e eu não éramos exatamente amigas, só que também não éramos exatamente inimigas. Você fez uns mix incríveis que deu a ela e sempre pensei, *Ei, eu não me importaria de conhecer esse cara.* Não que eu quisesse perseguir o namorado da Tris nem nada disso, não sou de perseguir ninguém, pelo menos não acho que seja, mas acho... — Ah, merda, por que não ser franca? Não foi ele o absolvido, e sim *eu.* — ... acho que pensei que você podia ser uma pessoa legal antes mesmo de te conhecer, com base em provas puramente circunstanciais. Então não pense que fico me atirando por aí pra qualquer cara.

Há um silêncio e neste silêncio eu odeio todos os homens, por nunca saberem a coisa certa a dizer.

— Por que você foi embora? — pergunta ele. *Por que VOCÊ parou?*

— Emergência de segurança nacional. Salvatore e eu fomos bipados. Acabou sendo alarme falso. — Por que você *acha* que eu fui embora, seu idiota lindinho?

E chegamos a um impasse. Comemos.

— Onde estão os seus amigos? — eu digo enfim, depois de alguns *pierogies*. Só para dizer alguma coisa. De novo. Tenho certeza de que os rapazes dele vão aparecer a qualquer momento para resgatá-lo, provavelmente roubar meus *blintzes.* Nick deve ter me achado só para pegar o celular de volta.

Nick diz:

— Dev ficou com o Ted.

— Ted?

— Sabe quem é, Ted do Are You Randy?.

— Não tem nenhum Ted no Are you Randy?. Tem o Randy e um bando de outros caras, e nenhum se chama Ted.

— Então quem é Randy? — pergunta Nick.

— O cara que estava tentando ficar com a Caroline!

— Quem é Caroline?

— Pelo amor de Deus, porra, quem é TED?

— O cara que o Dev pegou!

— Esse é o HUNTER. Da Hunter Does Hunter.

— Ah — diz Nick. — Agora eu entendi. — Ele desenhou um diagrama no papel que cobria a mesa. — Dev está com Ted, que também é Hunter, mas ele não é Randy, que queria Caroline, que eu acho que é a garota na traseira do furgão com Thom e Scot, é isso?

Coloco a mão no pulso dele.

— É!

É quase como se eu tivesse dividido outra dança com Johnny Castle e eu devo estar dormindo, porque isso não é real, Nick não é real, isso não está acontecendo. Espero não acordar tão cedo. Belisco a coxa dele para verificar e ele se inclina para mim, e nós dois estamos sorrindo de expectativa, nossos olhos se encontram e alguma coisa que eu acho muito natural e doce está prestes a acontecer, só que...

Uma Besta pára em nossa mesa. Aponta para mim.

— Preciso falar com você. Venha ao meu escritório. — Tris gira o corpo e segue para o banheiro. Estou surpresa que até com as raízes pretas espiando pelo cabelo louro platinado, o delineador e o batom na cara borrados das aventuras da noite, seus olhos injetados de cansaço, ela ainda consiga ficar uma gata. Isso é tão errado.

Eu me levanto da mesa e aponto o indicador para Nick. Ele nunca vai entender, mas pego emprestado de *Heathers* enquanto o deixo para seguir Tris:

— "O trabalho de uma verdadeira amiga jamais termina" — eu cantarolo.

— "Bulimia é tão 87, Heather" — responde ele.

MAS QUE MERDA. Acho que tive meu primeiro orgasmo.

Tris está fazendo xixi quando eu entro. Ela não é uma pessoa que ligue para a privacidade. Mas de qualquer forma eu fecho a porta depois de entrar e digo:

— Mas que merda está fazendo aqui? — Ela me dá essa sobra ótima, como um presente caído do céu, e no entanto parece decidida a me impedir de abrir e curtir o presente.

— Perdi meu namorado e eu sabia que ia te achar aqui, puta do *borscht*. Preciso de dinheiro para pegar um táxi para casa. Acho que você me deve essa. Cinqüenta pratas para cobrir um táxi até Jersey e uma passada na Starbucks. — Ela se enxuga, levanta, dá a descarga. — E aí, vou ter? — Ela me empurra de lado para lavar as mãos na pia.

— Como é que eu te devo?

— Sabe como é, estou dando o Nick pra você.

— Está mesmo? — pergunto. Porque a gente devia esclarecer isso de uma vez por todas.

— Estou — diz ela, passando uma nova camada de batom. Eu acredito nela.

— Acho que gosto mesmo dele — eu digo.

— Ele gosta de você também. Só não batizem seus filhos com nomes de meses ou frutas. Prometa.

— Como é? — digo.

Ela me encara.

— Vai me dar as 50 pratas ou não?

— Não acha que o Nick vale mais do que isso?

— Sua piranha, não estou tentando quantificar valor de um ser humano. Só preciso ir pra casa. E não banque a pobre porque eu sei que você tem um esconderijo secreto de dinheiro de emergência enfiado em algum bolso. — Ela se inclina para mim e, por Alá, me revista. — Meu Deus, você está peituda! Por que esconde isso debaixo dessas camisas imensas o tempo todo?

Pensei que tinha usado meu dinheiro de emergência quando dei minha grana secreta ao taxista que me trouxe aqui, mas depois me lembro da nota de cinqüenta dólares que Thom me deu mais cedo para levar Nick a um encontro que pretendia libertar o cara do fantasma de Tris. Mas que destino teve o financiamento. Thom e Scot não podiam ter previsto que a gnu em pessoa lucraria com a contribuição deles para a noitada de Nick.

Empurro Tris de lado e ponho a mão no bolso interno da camisa de flanela. Entrego a nota de cinqüenta a ela.

— Obrigada! — Tris responde. Ela se vira para ir embora, mas eu a puxo de volta.

— Tris?

— Que foi, vadia?

— Eu sou mesmo frígida?

Ela suspira.

— É claro que você não é frígida. Não acredite em toda a campanha de Caroline e Tal sobre você. Eu te vi beijando o Nick hoje. Me pareceu que os dois sabiam muito bem o que estavam fazendo.

— Mas eu não sabia — digo.

— Não sabia o quê?

— O que eu estava fazendo.

Tris revirou os olhos. Afastou-se e apontou o indicador para mim.

— Vou te dar uma ajudazinha, mas primeiro você tem que me jurar que não conhecia Nick antes desta noite e que isto não foi uma... como se chama mesmo... armação à meia-noite para me enganar...

— Armação à meia-noite?

— Sabe como é, me fazer pensar que vou ficar louca quando na verdade você estava tramando isso o tempo todo.

— Isso é *à meia-luz*, Tris. Não é à meia-noite. Lembra daquele filme que minha mãe fez a gente ver na festinha de pijama do meu aniversário de 11 anos? E não, eu não conhecia Nick antes dessa noite. — Levantei a mão e fiz o sinal de escoteiro.

— Tudo bem, então — diz Tris. — Eu acredito em você.

Ela tira o chiclete da boca e o aperta na parede atrás de mim, prendendo-me ali com os braços erguidos. Depois me espreme e meus olhos ainda estão abertos, e eles a vêem se aproximando e QUE MERDA TRIPLA, ela diz:

— Beije o lábio superior de seu parceiro. — Ela beija meu lábio superior, delicada e suavemente. — Isso é yang. — Os lábios dela se movem para baixo. — Beije o lábio inferior de seu parceiro. — Ela beija meu lábio inferior, com mais urgência. — Isso é yin. — Ela se afasta, mas sua mão esquerda agora está por baixo de minha blusa, apertada na base de minha coluna. — Comece abrindo seus chakras, assim.

Não digo nada. Meus lábios continuam abertos, sem saber se a aula acabou.

— Ou — diz Tris — você pode tentar isso. — Com as duas mãos, ela puxa meu rosto para o dela. Chupa meu lábio superior entre os lábios dela, e depois sua língua está na minha boca, acariciando a área entre o lábio superior e a gengiva. Nunca nem percebi que existia essa parte. É, tenho certeza de que não sou frígida. — Isso é o frênulo — diz ela quando acaba. Ela ajeita o cabelo. — Esse pequeno tecido conectivo dentro de sua boca. É o Ponto Quente. Pode usar esse em Nick, tem a minha permissão. Não acho que tenha usado com ele, então não vai parecer que você está me copiando.

Fico parada e encostada na parede, sem saber o que dizer ou fazer. Agora sei que estou num sonho.

Tris fala:

— Ou você pode ser criativa. Vá em frente. Confie em mim.

Mas que diabo é isso? Viro a cabeça e me inclino para a cara dela. Coloco as mãos em seus quadris, apertando-a. Devagar, beijo seu lábio superior, yang, chupo o lábio inferior, yin, mas em vez de continuar com a língua, que sua boca definitivamente parece querer, eu volto ao lábio superior e dou umas mordiscadas gentis.

Ela recua.

— Beliscando! Bom instinto, Norah. Está vendo? Você não é frígida. Mas tenha cuidado com esse. Só faça com um parceiro em quem confiar. Esses dentes podem ser perigosos com a pessoa errada.

— Como é que você sabe tanto? — pergunto a ela. Quer dizer, eu sei que ela é uma piranha tiete, mas ela mal tem idade para votar — não teve *tanto* tempo assim para adquirir tanto conhecimento.

— Ô, vadia, eu posso ver no Google as técnicas sexuais tão bem quanto você, se quisesse fazer isso. Não é nenhuma física quântica. — Ela se vira para ir embora e segura a maçaneta da porta, depois pára e se vira de frente para mim. — Mas, Norah?

— Sim? — sussurro.

— Conheça o cara primeiro. Você e ele não fazem o tipo ficada de uma noite. Você é toda sensível e essas merdas. Não vá rápido demais.

E ela vai embora.

— Tchau, Tris! — eu consigo arfar.

Da porta aberta, vejo-a passar rapidamente por Nick ao sair do restaurante. Ela diz a ele:

— Eu te disse que você ia encontrá-la em *algum lugar*! Bom trabalho! E boa sorte com essa. Você vai precisar. Eu quase lamento por você.

Agora quem lamenta pelo Nick sou eu. Talvez ele não seja um pobre coitado. Entendo totalmente que ele tenha ficado tão abalado.

15. NICK

Enquanto elas estão no banheiro juntas, eu tento me distrair bolando uma lista de coisas que poderiam ser piores do que ter sua ex veemente arrastando sua atual e-tão-bacana-garota para uma camaradagem (ou um conflito) no banheiro. Penso no seguinte:

- Ter os pêlos pubianos aparados com uma tesoura de poda.
- Ter os pêlos pubianos aparados com uma tesoura de poda por um universitário que tomou 12 doses de Jägermeister.
- Ter os pêlos pubianos aparados com uma tesoura de poda por um universitário que tomou 12 doses de Jägermeister durante um terremoto de 8,6 pontos.
- Ter os pêlos pubianos aparados com uma tesoura de poda por um universitário que tomou 12 doses de Jägermeister durante um terremoto de 8,6 pontos *com jazz tocando*.

Tenho que parar por aqui. Está apavorante demais.

É incrível como eu confio tão pouco na Tris, considerando que eu meio que digo da boca para fora que confiar é um ingrediente essencial do amor.

Melhor hipótese:

Ela está dizendo: "Fala sério, ele só era bom demais para mim e eu acho que ele pode fazer melhor... Tipo com uma garota como você. E, cara, ele é demais na cama".

Pior hipótese:

Ela está dizendo: "Teve uma vez em que estávamos zapeando pela TV e ele parou em *Pocahontas*, depois percebi que ele estava com *uma ereção daquelas*". (Ela não vai falar onde as mãos dela estavam o tempo todo.) "E, cara, ele é um nojento, bem escroto, em vários sentidos".

Respirar fundo várias vezes. Estou respirando fundo.

Compostura. O que, para mim, significa compor.

Por que meu destino é decidido
no banheiro feminino?
sentado com a língua atada enquanto me sacaneiam
no banheiro feminino.

Os empregados podem lavar as mãos de mim
no banheiro feminino.
Tranque a porta e vomite seus argumentos
no banheiro feminino.

Talvez este seja o meu jeito de criar a ilusão de controlar uma coisa sobre a qual não tenho controle algum. Tipo assim, se fosse só uma história que eu estivesse contando ou uma música que estivesse cantando, então não haveria problema porque eu sou o cara que está providenciando as palavras. Mas a vida não funciona assim. Ou pelo menos não quando ela é injusta.

Acho que o legal disso é que eu realmente não fiquei feliz por ver a Tris. Pela primeira vez no que me parece uma eternidade. Ela entrou pela porta e meu coração despencou.

Foi bem estranho que Norah soubesse quem eu era antes que eu soubesse quem ela era. Que ela estivesse na órbita da Tris sem me perceber. Mas acho que a gente não vê os planetas quando fica encarando o sol. A gente só fica cego.

O fato de que ela sabia de mim torna isto mais real. Causei minha primeira impressão sem saber que estava causando alguma impressão. Ela sabe pelo menos um pouco sobre quem eu sou, e ela está aqui assim mesmo. Com sorte, ficará por mais tempo do que pelos próximos dois minutos.

A garçonete deve me achar um louco pervertido, porque não consigo parar de olhar para a porta do banheiro.

Enfim ela se abre e Tris sai sozinha. E meu primeiro pensamento, juro pela Godspeed You! Black Emperor, é *Que merda você fez com a Norah? Onde ela está?*

Mas Tris não vai ficar por tempo suficiente para responder a alguma pergunta. Ela só passa pela mesa, gritando para mim, "Eu te disse que você ia encontrá-la em *algum lugar*! Bom trabalho! E boa sorte com essa. Você vai precisar. Eu quase lamento por você".

E só no que consigo pensar em dizer é:

— Obrigado.

Mas não falo nada. Eu a deixo ir embora. Quer dizer, não quero que ela fique. E sim, isso faz desta vez a primeira em que fico longe dela sem ainda insistir em pensar nela. Acredito que algumas culturas chamem isso de progresso.

Norah parece bem aturdida quando volta à mesa, o rosto vermelho, a pulsação claramente acelerada. Deve ter sido um confronto daqueles.

— Está tudo bem? — pergunto.

Ela assente, distraída. Depois olha para mim de novo e é como se nossa conversa voltasse automaticamente. Ela está comigo de novo.

— Tá — diz ela. — Ela só precisava de uma grana.

— E você deu o que ela queria?

— Acho que temos muito em comum, não temos?

— Ela é uma força da natureza, do caralho — eu digo.

— Sem dúvida é.

— Mas que vá para o inferno.

Norah fica meio sobressaltada.

— Como é? — diz ela.

— Não sei o que ela te disse, e provavelmente não queiro saber. Assim como não quero saber por que você pediu toda essa carne, ou onde você comprou sua camisa de flanela... Não que haja alguma coisa de errada com ela. É só que eu não quero saber.

Ela garfa em desafio um pedaço de *kielbasa* e, antes de colocar na boca, pergunta:

— E o que é que você quer saber?

O que estamos fazendo aqui?

Isso não é incrivelmente bobo?

Será que eu estou pronto para ter essa conversa?

— O que eu quero saber — eu digo — é que música você mais gosta do mix que eu fiz para a Tris.

Ela mastiga por um segundo. Engole. Bebe um pouco de água.

— É isso que você quer saber?

— Parece um bom começo.

— Sinceramente?

— É.

Ela nem precisa pensar. Simplesmente diz:

— A música do "eu preciso". Não sei o nome.

Peraí. Quer dizer, pensei que ela ia citar alguma coisa de Patti Smith, Fugazi, Jeff Buckley ou Where's Fluffy. Ou até uma das músicas dos Bee Gees que coloquei, para ser engraçado. Não achava que ela escolheria alguma coisa que compus e cantei. Nem devia estar nesse mix. Mas numa noite eu estava tão ligado de ficar com a Tris que tive que ficar acordado até transformar a noite numa música. Gravei em meu computador, depois coloquei como uma faixa oculta para o mix que dei a ela no dia seguinte.

Tris nunca falou dela comigo.

Nem uma vez.

— *A Décima Oitava Marcha* — eu digo.

— Como é?

— É o nome da música. Quer dizer, ela não tem realmente um nome. Nem acredito que você se lembre dela.

— Eu adorei.

— É mesmo? — tive de perguntar.

— Mesmo — diz ela. E, pelo tom de sua voz, sei que é um verdadeiro "mesmo". Depois, para minha surpresa, ela se inclina e começa a cantar o refrão. Não em voz alta, para todo mundo no restaurante ouvir. Mas como um aparelho de som ligado baixo, ou um rádio do carro numa noite solitária. Ela canta eu mesmo para mim:

Seu jeito de cantar na hora de sonhar
Seu olhar antes de pular
As estranhas ilusões que você teima em guardar
Você não sabe
Mas eu percebo

Seu jeito de fazer arcos de curvas
De deslizar no escuro
O bater de meu coração aberto
Eu não sei
Mas eu percebo

E eu fico emocionado, é tão lindo. Não o que eu compus, mas ter escutado desse jeito. Que ela se lembre da letra e da música. Ouvir na voz dela.

Ela está corando furiosamente, então eu não bato palmas nem faço nada assim. Em vez disso, sacudo a cabeça e espero que tudo que sinto seja traduzido ali.

— Caramba — eu digo.

— É, foi o que eu pensei. Mas, com toda sinceridade, na primeira vez em que ouvi, me pegou num dia bem ruim.

— Nem acredito que você...

— Eu prometo que não sou de assediar nem nada disso. Garanto que me esqueci de todas as outras músicas.

— É mesmo?

— Será que a gente pode mudar de assunto?

E eu me vejo dizendo:

— Não foi realmente para ela. — E descubro que isso é verdade.

— Como assim? — pergunta Norah.

— Era sobre a sensação, tá entendendo? Que ela provocava em mim, mas não foi sobre ela. Foi sobre a minha reação, o que eu queria sentir e depois me convenci de que sentia, por que eu queria tanto. Essa ilusão. Era amor porque eu o criei como amor.

Norah assente.

— Com Tal, era assim que ele dizia boa-noite. Não é idiota? No começo ao telefone, e depois quando ele me deixava em casa, mais tarde quando estávamos juntos e caindo no sono. Ele sempre me desejava boa noite e fazia parecer que era realmente um desejo. Provavelmente é só uma coisa que a mãe dele sempre fez quando ele era criança. Um hábito. Mas eu pensava, *isso é carinho. Isso é real.* Podia apagar tantas outras coisas. Um simples "boa-noite".

— Não acho que a Tris tenha me desejado boa-noite alguma vez.

— Bom, o Tal certamente não me inspirou a compor canções.

— Isso é péssimo — eu digo. — Tal rima com *sensual.*

Norah pensa por um segundo.

— Nunca pôs o nome dela em nenhuma das músicas, não é?

Repasso toda a playlist, depois sacudo a cabeça.

— E por que não?

— Acho que não me ocorreu.

O telefone de Norah toca e ela o pega no bolso. Ela olha o visor e murmura: "Caroline". Vejo que ela está prestes a atender e me vejo dizendo: "Não".

— Não?

— É.

Outro toque.

— E se for uma emergência?

— Ela vai ligar de novo. Olha, quero que a gente vá dar uma volta.

— Dar uma volta?

Toque número três.

— É. Você, eu e a cidade. Quero conversar com você.

— Está falando a sério?

— Nem sempre falo, mas neste caso, sim.

Toque.

— Aonde a gente vai?

— Tanto faz. São só... — olho o relógio — quatro da manhã.

Pausa.

Silêncio.

Caixa postal.

Norah morde o lábio inferior.

— Pensando nisso? — pergunto, inquieto.

— Não. Só pensando sobre aonde vamos. Um lugar em que ninguém vá encontrar a gente.

— Tipo Park Avenue?

E Norah tomba a cabeça, olha pra mim meio sonolenta e diz:

— É, tipo Park Avenue.

E depois ela declara uma coisa que eu nunca, nem em um zilhão de anos, pensei que um dia ela diria:

— Midtown.

É ridículo, mas pegamos o metrô. Ainda mais ridículo, é o trem 6 que pegamos, o mais notoriamente lento de toda Manhattan. Às quatro da manhã, ficamos na plataforma por uns bons 20 minutos — o tempo que levaríamos a pé — mas não me importo com o atraso porque estamos falando o tempo todo, citando *Heathers*, preferências de manteiga de amendoim, roupa íntima preferida, o cheiro ocasional do corpo de Tris, o fetiche de Tal com cabelo, o destino das gêmeas Olsen, o número de vezes em que vimos ratos no metrô e nossa pichação preferida de todos os tempos — tudo no que parece uma única frase que dura 20 minutos inteiros. Depois estamos na estranha fluorescência do vagão do metrô, deslizando um para outro quando o trem pára e parte, fazendo comentários com nossos olhos sobre os bêbados ralés, os universitários com terno de corretor de ações e os viajantes da noite cansados que dividem nosso espaço. Estou me divertindo muito e o incrível é que percebo isso enquanto acontece. Acho que Norah está percebendo também. Às vezes, quando escorregamos juntos, levamos alguns segundos para nos separar. Não ao ponto de deliberadamente nos tocar de novo, mas não estamos dispostos a rejeitar um bom acidente.

Saímos do metrô na Grand Central e andamos para o norte, pela Park. Está completamente vazia, os arranha-céus montando guarda pela avenida, sentinelas adormecidas do mundo importante.

— Parece que estamos num cânion — diz Norah.

— O que me deixa pirado é quantos prédios ainda têm a luz acesa. Quer dizer, deve haver milhares de luzes em cada prédio, que ficam acesas durante a noite. Isso não pode ser muito eficiente.

— Ainda deve ter gente trabalhando. Verificando o e-mail. Ganhando outro milhão. Ferrando alguém enquanto o alguém dorme.

— Ou talvez — eu digo — eles só achem bonito.

Norah bufa.

— Tem razão. Deve ser isso mesmo.

— Seu pai trabalha por aqui?

— Não. Ele só gosta do downtown. E o seu?

Agora é minha vez de bufar.

— Não está empregado atualmente — eu digo. — Sem dúvida, por não tentar.

— Ah, foi mal.

— Não se preocupe.

— Seus pais ainda estão juntos?

— No sentido de que ainda moram na mesma casa, sim. E os seus?

— São namoradinhos de escola. Casados há 25 anos. Ainda felizes e ainda transam. São umas aberrações completas da natureza.

Sentamos na beira de uma das fontes corporativas, vendo o espetáculo de faróis dos carros que passam.

— Mas aí, você vem sempre aqui? — eu brinco.

— É. Eu sei, sou tão além-ponte... Desde que fui capaz de pegar o trem, eu venho dando umas escapadas para vir ao Midtown. Bater um papo com os banqueiros, fundir algumas fusões e adquirir algumas aquisições. Toda a coisa fede a sexo e rock 'n' roll para mim. Não sente isso no ar? Feche os olhos. Está sentindo?

Eu fecho os olhos. Ouço os carros passando, não só na nossa frente, mas nas ruas em toda a grade. Ouço os prédios bocejando no espaço. Ouço meu coração bater. Tenho essa fantasia momentânea de que ela vai se inclinar e me beijar de novo. Mas passa tempo suficiente para que eu entenda que não vai acontecer. Quando abro os olhos, vejo que ela olha para mim.

— Você é bonitinho. Sabia disso? — diz ela.

Não faço idéia do que dizer. Então isso fica suspenso no ar, até que eu enfim digo:

— Só está dizendo isso para tirar minha roupa e se divertir na fonte.

— Eu sou assim tão transparente? Merda! — Seu olhar é inquisitivo, mas não me parece que seja uma inquisição.

— A gente podia invadir a St. Patrick — sugeri.

— Sem roupa?

— Vou ter que ficar de meias. Sei lá que tipo de gente toca o chão da igreja?

— Vou ter que dizer na-na-ni-na-não! Já posso ver as manchetes: "FILHA DE EXECUTIVO DE GRAVADORA ENCONTRADA EM FARRA PORNÔ NA PATRICK'S. 'Nós achávamos que ela era uma judia legal', disseram os vizinhos."

— Você é judia? — eu pergunto.

Norah olha para mim como se eu tivesse acabado de perguntar se ela era mesmo mulher.

— *É claro* que eu sou judia.

— E como te parece? — pergunto.

— Tá de sacanagem?

Eu pareço estar de sacanagem?

— Não — eu digo. — É sério. Como é que te parece?

— Não sei. É só uma coisa que *é*. Não é uma coisa que *parece*.

— Bom, do que é que você mais gosta nisso?

— Como o fato de que temos oito dias de *Hanukkah*?

— Claro, se isso significa alguma coisa para você.

— Só o que significa para mim é que eu ficava um pouco menos amargurada por não ter uma árvore de Natal quando era criança.

— E sobre as coisas reais? — pergunto. Quero saber mais.

— As coisas reais?

— É. Tente.

Ela pensa por um segundo.

— Tá legal. Tem uma parte do judaísmo de que eu realmente gosto. O conceito, quer dizer. Chama-se *tikkun olam*.

— *Tikkun olam* — repito.

— Exato. Basicamente, diz que o mundo foi desfeito em pedaços. Todo esse caos, toda essa discórdia. E nosso trabalho... o trabalho de todos... é tentar reunir os pedaços de novo. Fazer das coisas um todo novamente.

— E você acredita nisso? — eu pergunto. Mas não como um desafio. Como uma pergunta genuína.

Ela dá de ombros, depois nega o dar de ombros com o pensamento nos olhos.

— Acho que sim. Quer dizer, não sei como o mundo se rompeu. E não sei se existe um Deus que pode nos ajudar a consertar. Mas o fato de que o mundo está despedaçado... Eu acredito totalmente nisso. Olhe em volta. A cada minuto... a cada segundo... há milhões de coisas que você podia estar pensando. Um milhão de coisas que podiam estar *preocupando* você. Nosso mundo... Não sente que está se tornando cada vez mais fragmentado? Antigamente eu pensava que o mundo faria muito mais sentido quando eu ficasse mais velha. Mas sabe de uma coisa? Quanto mais velha eu fico, mais confuso ele é para mim. O mais complicado é isso. É o mais difícil. Era de se pensar que ficaríamos melhor nele. Mas o caos é cada vez maior. Os pedaços... Eles estão em toda parte. E ninguém sabe o que fazer a esse respeito. Eu me vejo agarrando, Nick. Conhece essa sensação? Essa sensação de quando você quer que a coisa certa caia no lugar certo, não só porque é o certo, mas porque vai significar que uma coisa dessas ainda é possível? Quero acreditar nisso.

— Você acha que está mesmo ficando pior? — pergunto. — Quer dizer, a gente não está melhor do que estava há vinte anos? Ou há cem?

— Estamos. Mas não sei se o mundo está melhor. Não sei se as duas coisas são a mesma.

— Tem razão — eu digo.

— Como?

— Eu disse que você tem razão.

— Mas ninguém jamais diz, "tem razão". É simples.

— É mesmo?

— É.

Ela se inclina um pouco para mim. Não é acidental. Mas ainda de certo modo parece um acidente — nós aqui, esta noite. Como se estivesse lendo meu pensamento, ela diz:

— Eu gosto disso. — Depois sua cabeça cai no meu ombro e eu sinto que ela está adaptada ali. Olho para cima, tentando encontrar o céu por trás do prédio, tentando encontrar pelo menos um vestígio das estrelas. Quando não consigo, fecho os olhos e tento conjurar as minhas, feliz que Norah não esteja lendo a minha mente agora, porque não sei como eu reajo se alguém me conhece desse jeito. Enquanto ficamos sentados no silêncio desta cidade, o que não é bem um silêncio, mas um barulho leve, minha mente volta para alguns minutos atrás, pensando no que ela disse.

Depois me ocorre.

— Talvez nós sejamos os pedaços.

A cabeça de Norah não se mexe do meu braço.

— O quê? — pergunta ela. Sei, por sua voz, que seus olhos ainda estão fechados.

— Talvez seja isso — eu disse delicadamente. — Do que você estava falando antes. O mundo sendo despedaçado.

Talvez não seja verdade que a gente deva encontrar os pedaços e juntá-los de novo. Talvez *nós* sejamos os pedaços.

Ela não responde, mas sei que está ouvindo com atenção. Sinto que estou entendendo alguma coisa pela primeira vez, mesmo que ainda não tenha certeza do que é.

— Talvez — eu digo — o que a gente deva fazer é se unir. E assim vamos parar a ruptura.

Tikkun olam.

16. NORAH

Nick e eu nos calamos de novo, mas não é um silêncio desagradável. Acho que está perto de amanhecer, e nós dois estamos ao mesmo tempo com sono e estimulados, e o sábado se transforma em domingo, é hipnótico olhar do cânion para as nuvens, o cinza-escuro e o amarelo das luzes da cidade, enquanto no chão a galera dos bancos e as secretárias fumam do lado de fora dos saguões, e limusines Lincoln se demoram no meio-fio, esperando para levar para casa quem virou a noite no trabalho. Os herdeiros do mundo financeiro aqui não parecem perceber nem se importar que o tempo possa parar a qualquer momento, então por que não obedecer àquela história de "no sétimo dia Ele descansou"? Pelo menos, sair e curtir a vida. Como faço agora, olhando você.

Mas eu estou tão louca para saber mais sobre Nick que não consigo suportar o silêncio, mesmo que ele seja bom. Talvez eu descubra mais sobre ele contando-lhe mais sobre mim. Assim eu digo:

— Comprei a camisa de flanela no departamento masculino da Marshalls.

— Minha mãe adora essa loja — ele diz.

— Sua mãe é inteligente.

Eu espero. Será que ele vai me falar mais da mãe dele?

Enquanto minha mente repassa as informações que compilei sobre ele até agora, minha boca fala da porra da Marshalls porque minha cabeça ainda gira com as palavras de Nick sobre o *tikkun olam: Talvez não seja verdade que a gente deva encontrar os pedaços e juntá-los de novo. Talvez nós sejamos e estejamos em pedaços.*

Porque estou tentando reunir os pedaços que compõem esse cara. Vamos analisar. Um sujeito careta que sobreviveu a uma relação de seis meses com a Tris. Baixista de uma banda gay, letrista promissor. Pode ficar profundo (pelo menos para um *goyim*) na questão do *tikkun olam*. E ele beija bem pra caraca — mas que disse NÃO ao sexo sem compromisso que basicamente foi oferecido a ele por uma menina idiota em uma salinha no show do Where's Fluffy há algumas horas, e no entanto, de algum modo, ele ainda conseguiu aparecer no Veselka procurando por ela mais tarde (uma atitude muito sensual); mas depois ele não tomou iniciativa alguma com ela no trem 6, quando a oportunidade e o ambiente convergiam, enquanto as luzes eram reduzidas e o trem jogava e unia os corpos de ambos. O que eu devia fazer com esse cara?

Enquanto tombo minha cabeça no braço de Nick, posso sentir o cheiro dele de perto, de maneira pessoal, sem a névoa de cerveja e fumaça do clube, e ele tem um cheiro fraco, ou de colônia, ou como se tivesse recebido alguma massagem aromatizante em um spa antes de esta noite começar, o que me parece um cheiro perturbadoramente caro para um punk. O cheiro dele une os pedaços em minha cabeça, até que ele finalmente faz sentido para mim.

Posso declarar algo sobre o Randy do Are You Randy?

Não há como esse Nick ser cem por cento hetero.

Como que para provar minhas suspeitas, Nick pega um Chapstick no bolso do jeans e passa na boca. Eu mesma só uso Bistex, então não é o Chapstick que me importa; é o sabor de cereja.

Se ele virar gay, vou ficar furiosa. Eles sempre conseguem os melhores! Não vou ter alternativa a não ser tomar isso como pessoal. A perda de Nick para o outro time seria um golpe e tanto, tipo assim, com a perda de Scottie Gross (OK, nem era tão grosso assim...), em que, apaixonada, investi cinco sólidos anos de domingos da pré-adolescência na escola e que teria sido meu primeiro beijo na noite de meu *bat mitzvah*, se o imbecil do Ethan Weiner não tivesse agarrado Scottie primeiro. Tem também a delícia do George Michael, meu último ícone *Behind the Music* da tragédia-à-redenção, que num mundo justo e bom teria sido meu lance secreto de Lolita-e-homem-mais-velho. NÃO É JUSTO!

E de novo. Talvez o simples diagnóstico de *hetero* ou *homo* seja enganador. Talvez haja só *sexualidade*, e ela seja maleável e imprevisível, como um artista de circo, que antigamente eu queria ser, e olha, pode ser uma boa opção querer isso, agora que fodi com minha admissão na faculdade e a história do *kibutz* ainda não aconteceu. Gostaria de ser maleável como uma artista de circo. Talvez um dia a Tris venha ver meu show e eu possa descobrir mais sobre as habilidades de piranha tiete dela.

Qualquer que seja a sexualidade de Nick (fosse? — sei lá, tanto faz), o resultado é o seguinte: esse Nick é bom demais para ser verdade. Ele compõe músicas incríveis. É uma graça. Muito inteligente. E sensível para caramba. Ele me proporciona mais aventura e confusão numa noite do que tive a vida toda. Meu coração está doendo de novo, assustado, porque agora quero saber TUDO sobre ele. Quanto mais ele me dá, mais eu quero. Quero saber de seus planos para o futuro, sobre sua família, sua música, seus sonhos e tristezas, toda aquela besteirada sentimental.

Pergunto-me se ele compartilha meus sentimentos de que a faixa do Fluffy *Hideous Becomes You* é simplesmente a canção de amor mais linda do mundo, e se ele a cantaria um dia desses. Porque eu já cantei sua música do perceber para ele, e contei sobre o *tikkun olam*, o que parece uma coisa qualquer, mas é muito importante e sagrada para mim, e estou pensando se vamos batizar nosso primeiro filho de Salvatore, que não é nome de fruta nem de mês, e muitos dos cem por cento caretas procriam, não é?

O que mais me preocupa? Se eu não apagar meu cérebro agora, minha imaginação vai chegar tão longe sobre o que *podia* ser com esse cara, que nada poderá simplesmente *ser*.

Nick tem razão, as gêmeas Olsen têm uma relação de codependência pavorosa. Mas entendo essas piranhas, eu entendo de verdade. Por mais que eu queira saber mais sobre Nick, também quero ter um tempo, para poder falar com Caroline sobre ele. Se Caroline estivesse aqui, a gente podia dissecar Nick através de um dos nossos momentos Jordan Catalano/roteiro do *My So-Called Life*.

Rayanne:	Acho que parte dele está parcialmente interessada em você. Definitivamente. Quer dizer, ele tem outras coisas em mente.
Angela:	Mas essa parte é tão injusta. Eu não tenho outra coisa na cabeça. Como vou ser a que fica sentada analisando o cara em detalhes no microscópio, e ele calha de ser um cara com outras coisas em mente?
Rickie:	Isso é profundo.

Sinto que podia ficar sentada nessa porcaria da Park Avenue falando com ele a noite toda. E eu *odeio* o Midtown, e particularmente odeio o East Side.

Ora, o que quer que eu vá conseguir desse Nick, não será mais neste local. Somos dois caretas além-ponte querendo um pico natural, mas, ao que parece, fomos confundidos com terroristas. Os seguranças do prédio saíram para nos dar ordem de marcha — para qualquer lugar que não seja ficar sentado na fonte diante do prédio deles.

A gente se levanta e anda, indo para o oeste. Quem sabe Nick esteja tentando juntar as peças para me entender também? Ele diz:

— Seu pai, o executivo de gravadora que só gosta do downtown. É esse o motivo de você não ter me dito o nome dele? Eu saberia quem é?

— Saberia — eu digo. Preciso saber para onde Nick pende antes de descobrir se ele vai me conhecer só para me passar uma demo. Não posso investir tanto emocionalmente.

Ele deixa pra lá a questão do nome, felizmente.

— Você deve conhecer muita gente famosa.

— Talvez, quando eu era mais nova — eu digo. — Íamos a festivais de música e shows o tempo todo. Eu moro na mesma casa em Englewood Cliffs a vida toda, mas parece que fui criada parte em Nashville, em Memphis, em Nova Orleans, Chicago, Seattle... Qualquer lugar que tenha uma cena musical boa, sabia? Eu tenho sorte, conheci um monte de artistas incríveis com meu pai a vida toda, algumas lendas inclusive. Mas uma coisa que deduzi há alguns anos é que é melhor *não* conhecer essa gente. Porque se eu não os tivesse conhecido, podia curtir a música deles sem saber de suas exigências exorbitantes, do estilo de vida negligente ou o quanto eu adorava sua música, até que descobri que o vocalista deles estava tornando a vida do meu pai infeliz e era o motivo para meu pai faltar a meu concurso de soletrar ou coisa assim.

— É por isso que eu gosto tanto do Where's Fluffy. Eles não são assim, não bancam as estrelinhas.

— Talvez não, e espero que eu não esteja desiludindo você, camaradinha, mas o Lars L. é um junkie total, o Owen O. é um alcoólatra inveterado e Evan E. é só maluco. Eu sei... Meu pai tentou assinar com eles. Mas o Fluffy compõe ótimas músicas, faz uma ótima música. E é isso que importa, né?

Nick me empurra de lado, de brincadeira.

— Não está me desiludindo. Qualquer um que olhe os integrantes da banda sabe disso. Quer dizer, já ouviu a letra de *High Is Better Than Low*? Porque não fala do amor de Evan E. pelos stilettos Manolo.

Droga, o Nick conhece grifes de sapato. Mau sinal.

Nick acrescenta:

— Mas é o que eu gosto na música punk. Tem um senso de humor sobre si mesma, não finge ser uma coisa que não é. Tem um ritmo do caramba com um toque de heavy metal, mas com consciência.

Boa recuperação.

— Quer saber meu desejo secreto? — eu provoco.

Nick se vira para mim e ergue uma sobrancelha, como um astro de cinema dos velhos tempos. Tenho certeza absoluta de que ele não usa pinças nem cera, mas tem sobrancelhas suspeitamente bonitas. Ou talvez eu só esteja sendo implicante.

— É claro que eu quero saber — diz ele.

— Não tenho talento algum como compositora, mas eu gostaria de ser tipo uma pessoa que pensa em títulos de música, em especial as country.

— Qual foi o melhor que você fez?

— *Você roubou meu coração e deixou que atropelassem* — eu digo a ele. — Pode falar, fique à vontade para inventar uma letra.

Meu título preferido de música é de alguém que legitimamente pensa em títulos de música, para ter feito *Something About What Happens When We Talk*, de Lucinda Williams, a música que minha mãe e meu pai ainda dançam lentamente nos aniversários do primeiro encontro, primeiro beijo, primeiro nem vamos falar disso, noivado, casamento etc. — é, eles comemoram de tudo, embora sejam meio velhos demais e devessem saber se comportar. Estou pensando nessa música agora, porque é tão fácil conversar com Nick. Tenho de reprimir cada instinto de assédio em mim para não cantar para Nick como Lucinda canta, *Conversation With You Is Like a Drug*. Com Tal, a discussão sempre era de duas partes em confronto e uma parte realmente falando. Eu adoraria que Tal pelo menos pudesse dizer *boa noite* e que ele se importasse com outras coisas além de ir para a balada, mas o que acontecia quando nós dois conversávamos era mais um manifesto dele, e eu ouvindo.

Enquanto nos aproximávamos da Sétima, nós dois automaticamente viramos para o sul e percebo que Nick e eu nunca discutimos para onde íamos depois de Park Avenue. É como quando nos demos as mãos no clube mais cedo, enquanto eu o levava pela multidão até a salinha. De algum modo ficamos juntos. A Times Square agora acena para nós em toda a sua glória. De algum modo nosso mundo está vivo de possibilidades.

Meu celular toca de novo e diz *Papai,* e eu tenho que atender, essa é a regra para minhas aventuras da noite toda.

— Importa-se? — pergunto a Nick. Sinto-me bem mal por não ter atendido ao telefonema de Caroline quando Nick me pediu para não fazer isso.

— Vá em frente — diz ele, como se agora entendesse que nenhum telefonema vai me dissuadir de ficar esta noite com ele. Paro sob um toldo de prédio enquanto Nick se afasta para o meio-fio para me dar privacidade, do que eu não preciso, mas apreciei o gesto de qualquer forma, embora não tenha certeza se suas boas maneiras sobem o ponteiro de seu medidor de sexualidade.

— Oi, pai — eu digo ao telefone.

Aqui estou eu nas encruzilhadas do mundo, com luzes de néon vermelhas e brancas, e táxis amarelos, zumbindo de ação e pulsando com a música e as pessoas, o perigo e a excitação; mas, ao ouvir a voz do meu pai, é como se eu tivesse 5 anos de novo, e ele estivesse colocando sua princesinha na cama.

— Você está bem, querida? Tive um encontro bizarro aqui com dois caras de banda e uma Caroline bêbada, mas nada de Norah.

— Estou bem, pai. Quem sabe não estou ótima?

— Vai me dizer o nome dele?

— Não.

— Vai voltar para casa logo?

— Não.

— Será que um dia vai obedecer a uma ordem minha de novo?

— Não.

Ele suspira.

— Tenha cuidado, por favor. — Eu decido que talvez seja melhor ele não saber que estou parada na Times Square nas primeiras horas da manhã com um cara que só conheço há algumas horas. — Vamos cuidar de Caroline. Sua mãe está fazendo ovos mexidos para Thom e Scot. Garotos bacanas.

— Pai?

— Sim?

— Acho que cometi um erro desprezando a Brown.

— Não brinca, que merda.

— Não sei o que vou fazer agora. Sabe a história do Tal? Você, mamãe e Caroline tinham razão, não posso fazer isso de novo. Mas agora não sei o que fazer.

— Vou lhe dizer o que pode fazer. Vá para a Brown no ano que vem. Seu velho tirou da caixa de correio o cartão que você colocou dispensando a admissão depois que você saiu hoje de manhã. Ele o substituiu por uma aceitação e um cheque de depósito.

Eu devia ficar agradecida, mas fico indignada.

— NÃO TINHA ESSE DIREITO! ISSO É TIPO UMA INVASÃO DE PRIVACIDADE E É CRIME FEDERAL VIOLAR A CORRESPONDÊNCIA!

Meu pai ri.

— Que pena. Não chegue em casa tarde demais. — E ele desliga na minha cara.

Talvez meu pai seja um hippie corporativo, mas eu amo de verdade aquele velho filho-da-puta.

Nem consigo pensar no que meu pai fez porque o céu de repente se abriu e está um aguaceiro daqueles, mas o que Nick está fazendo? Está dançando no meio-fio, de braços estendidos, a cara virada para cima para receber a água. Alegre.

Não digo a Nick que meu telefonema terminou. Só fico olhando. Há um tempinho, quando eu olhava para Nick, me sentia inspirada pelo verso daquela música dos Smiths que tocou mais cedo na Câmera Obscura, quando Morrissey canta *What she asked of me/at the end of day/Caligula would have blushed.* Não sei se ainda me importo em deduzir se Nick é gay, hetero ou alguma coisa entre os dois. Estou pensando que gostaria de dançar na chuva com essa pessoa. Eu gostaria de me deitar ao lado dele no escuro e vê-lo respirar, vê-lo dormir e me perguntar o que ele está sonhando e não sentir complexo de inferioridade se os sonhos dele não forem sobre mim.

Não sei se Nick e eu vamos ser amigos ou amantes, ou se ele será Will e eu serei Grace, o que será uma decepção além de tedioso, mas o que quer que Nick e eu venhamos a ser um para o outro, não pode ser — não ia ser — só uma ficada de uma noite.

Disso eu sei.

17. NICK

Cantando na chuva. Estou cantando na chuva. E é uma sensação gloriosa. Uma chuvarada inesperada e eu me entrego a ela. Porque que merda mais se pode fazer? Correr para se proteger? Gritar ou xingar? Não — quando a chuva cai, você só deixa cair, sorri como um louco e dança com ela, porque se você pode ficar, feliz na chuva, então você fez tudo certo na vida. Enquanto caem as primeiras gotas ela ainda está ao telefone e eu a vejo falar, e ela é simplesmente a coisa mais incrivelmente complicada, com todas aquelas expressões diferentes ao mesmo tempo — gritando de raiva quando claramente está feliz, depois fingindo estar ouvindo quando, na verdade, está olhando a mim e à chuva. Depois ela devolve o telefone para o bolso de Salvatore e vem até mim. Não sei por que dizemos que o céu está se abrindo quando chove — como se céu tivesse segurado aquilo o tempo todo, e depois é uma libertação. E eu olho para ela e ela olha para mim e é como se tudo se abrisse. Estou sentindo as gotas de chuva molhando minhas roupas. Sinto o cabelo cair nos olhos. Mas também sinto essa leveza e ela está tão linda, caralho, a boca não sabe se vai sorrir ou não. Estamos na beira da Times Square com seu farol de luzes e estamos balançando enquanto o céu se abre, e estendo a mão para ela ser minha parceira de dança e ela aceita. Então isso nos deixa na calçada, meu braço em volta de seu corpo. Ela chega mais perto — está me encarando — e, embora eu não saiba qual é a pergunta, sei a resposta. Então digo:

— Isto — e me inclino e a beijo ali, na beira da Times Square, como as pessoas se despedem com um beijo na rua, só que este é mais um beijo de encontro. Isto.

Eu abro a boca, ela abre minha boca e é como se ela estivesse respirando através de mim. E seu corpo está molhado, e está bem aqui contra o meu e eu quero, eu quero, eu quero. Ela recua para me olhar. Seus olhos estão rindo, seus olhos estão sérios e eu sei exatamente o que ela sente. É outra pergunta e eu lhe dou outra resposta, e desta vez a mão dela se curva em minha nuca, desta vez seu corpo aperta mais e o meu aperta ainda mais. As pessoas em volta de nós — não são muitas, e certamente não estão muito sóbrias — nos olham, não consigo evitar de olhar um pouco em volta, e tenho uma idéia. Digo a ela que tenho uma idéia, pego a mão dela na minha e fazemos essa coisa onde os dedos se entrelaçam, aqui é a igreja, aqui é o campanário, e eu a levo pela Times Square sob as luzes e letreiros animados, até que chegamos ao Marquis. De repente ela está me olhando como *Que porra é essa?*, afinal, que garota quer terminar em um Marriott de turistas na Times Square? Mas eu digo, "Confie em mim", beijo de novo, e há outras duas pessoas no elevador de vidro conosco, mas elas ficam no oitavo andar. Pergunto a Norah qual é o número da sorte dela e ela me diz, então vamos àquele andar. Não tem ninguém nos corredores e o melhor de tudo, não tem nenhuma música de corredor tocando, e não vejo o que estou procurando, depois encontro, mas Norah não consegue esperar e está colocando a mão sob minha gola, sentindo a minha pele, do meu ombro até meu pescoço e isso é tão excitante, droga, que eu me esqueço de onde vamos por um segundo e só me agarro com ela ali mesmo, no corredor, fora de vista do átrio e dos elevadores de vidro, mas ainda com o cuidado de não encostar nas portas, porque isso pode acordar os turistas lá dentro. Em vez disso, nos encostamos na parede e ela passa a mão por meu peito e depois pelo meu cinto, ela sobe direto, só que por baixo da camisa, e seus dedos são tão bons ali. E meus dedos sentem sua blusa e seus seios e nós dois estamos ensopados e prontos. Nos beijamos por mais uns cinco minutos e ela beija bem pra caramba. Ela beija meu lábio superior e depois meu lábio inferior e eu a imito — beijo seu lábio superior, depois o lábio inferior. Depois ela tenta fazer uma coisa com a língua que não dá muito certo, mas não importa realmente, porque nossas mãos estão em toda parte ao mesmo tempo e eu estou tão ligado nisso, depois ela desiste da coisa com a língua e sei que ela está um pouco mais relaxada. Ela se perde e eu adoro ainda mais porque ela não está se esforçando, só está fazendo.

Então eu a levo um pouco pelo corredor até que ficamos de frente para um cômodo que diz GELO. Ela ri e diz "vamos", afinal para onde mais nós iríamos? E a sala não é fria, só tem o barulho da máquina de refrigerante. Ela diz:

— Não pode ser sério — e eu concordo que não pode ser mesmo. Eu digo:

— Não sou mesmo, nem um pouco. Só estou muito a fim de você — e então eu a beijo e ela encontra o interruptor e apaga a luz, depois ficamos iluminados só pelas cores das latas de Pepsi e é como se finalmente tivéssemos encontrado esse outro tipo de conversa, essa conversa de gestos, empurrões, puxões, respirações, apertos, arranhões, brilhos, esfregadas e expectativa.

— Você está bem? — pergunto, e ela diz:

— E você?

E eu digo:

— Eu estou. — Estou mais do que bem. Esta é uma ótima conversa.

Meu Deus, eu gosto tanto dela.

— Vou te livrar de parte dessas roupas molhadas — ela diz, e puxa minha camisa, se atrapalha com alguns botões e eu não sei o que dá em mim, mas começo a fazer cócegas nela e isso a deixa muito puta, mas ela está rindo e depois abafa o riso, acho que para os hóspedes não a ouvirem. Ela termina com os botões e tira a camisa. Eu tiro minha jaqueta de seus ombros e ela faz a coisa mais estranha do mundo — recua por um segundo e a dobra com cuidado, coloca quase com reverência no chão. Depois tiro a camisa de flanela molhada que ela veste, tiro a camiseta por baixo. Ela passa os dedos pela penugem em meu peito, depois segue o caminho do meu cinto. Eu nunca, jamais, senti um desejo tão forte. Ela tira o cinto, deixa cair no chão. Depois abre o primeiro botão do meu jeans — só o primeiro. E eu estendo a mão para o jeans dela e abro o primeiro botão — só o primeiro. E pergunto de novo — "Você está bem?" E desta vez ela diz sim. Ela diz que está mais do que bem.

Nós nos beijamos desesperadamente. Não é como foi lá no clube, quando era como se ela quisesse provar alguma coisa. Não temos nada a provar agora, nada a não ser que não temos medo. Que não vamos pensar demais, nem parar demais, nem avançar demais. A mão dela acompanha a linha do zíper e eu digo, "devagar". Porque não há pressa. Isto não é nada insignificante. Isto é real. Esta acontecendo. E é nosso.

Estou nervoso pra caralho, vulnerável como nunca. Posso sentir meu peito tremendo. Ela me abraça até que os braços dela ficam nas minhas costas, depois deixa as mãos vagarem para baixo, cruza aquela linha, sob meus jeans, sob minha cueca. Eu passo os braços nela, levanto as mãos e toco suas costas. Sua nuca. Seu cabelo. Depois uma das mãos desliza para baixo, desce por seus seios, depois entre eles, arrastando-se para baixo e para cima. Ficamos emaranhados. A máquina de gelo zumbe, depois liga, o estalo nos faz rir, desliga-nos do momento por um instante, faz com que nos olhemos numa luz crua. Tudo pára. Tudo se interrompe.

— O que estamos fazendo? — diz ela.

— E eu sei? — respondo.

Ela se inclina para mim de novo, a calça molhada colada na minha, e diz:

— Boa resposta.

Quero beijá-la sem contar os segundos. Quero abraçá-la por tanto tempo que posso conhecer sua pele. Eu quero, eu quero, eu quero.

As mãos dela deslizam para meus quadris. Os polegares se prendem no cós.

Baixando.

Baixando.

Eu sufoco um grito.

18. NORAH

Quando foi que minha vida ficou tão boa? Foi quando eu concordei com um beijo para ser a namorada de cinco minutos de Nick, ou quando percebi que a frigidez era uma opção e não uma verdade?

Esta sala de gelo é muito fria.

Nick é tão quente.

O calor dele — o meu calor — o *nosso* calor — quase me faz esquecer que eu ainda estou molhada da chuva, procurando refúgio na sala de gelo escurecida da porra do Marriott com a placa de Pepsi acesa, e estou sem dúvida ligada no Nick porque sou uma bebedora de Coca, quer dizer, eu posso aceitar o Desafio Pepsi e saber a diferença sem me incomodar em distinguir os dois sabores em minha boca. Huuuuum, sabores. Seus lábios têm um gosto tão bom, sua pele molhada tem um gosto tão bom, tudo nele é tão delicioso. Agora que sua camisa molhada está fora do corpo e meu rosto encosta bem aqui enquanto minhas mãos descem por ali, percebo que ele não tem cheiro de aromaterapia nem colônia, provavelmente era do aromatizante de ar que Toni borrifou em todo mundo no banheiro do clube. Este Nick, o Nick de peito nu, de respiração pesada, o Nick gentil, o sexy pra caramba, ele tem cheiro de almíscar e é delicioso, banhado na chuva da noite. Não consigo me cansar dele.

Eu saquei — ele é hetero. Eu acredito. Aleluia! E amém! JC, tô te devendo uma!

Sinto que eu podia me afogar nisso, nele. Ele é iluminado pela máquina em que está encostado, mas eu caí na escuridão, não na escuridão do perturbado ou do deprimido, mas a escuridão do consumido, onde tudo o que vejo, ouço, provo, sinto, é a sonda de nossas bocas e mãos, o calor de nossos corpos juntos, a urgência do querer dele, do meu querer. É como se nada mais existisse no mundo a não ser ele, eu, tocando, explorando, desejando, necessitando, partilhando, tendo. Dane-se meu voto de castidade, porque estou bêbada de seus gerúndios. Se Nick é parte deles, eu os quero, eles são meus.

Ele me puxa para nossas bocas se encontrarem novamente, e me perco totalmente de novo, perdida dentro de sua boca, sentindo sua respiração, sentindo seu coração bater em minha mão colocada em seu peito. Minhas mãos querem vagar por todo ele, mas seus lábios estão deslizando tão docemente pelos meus que minhas mãos perdem o foco. As mãos de Nick, por outro lado, focalizam muito bem. Ele definitivamente é um homem de peitos, e não de coxas. Só as mãos dele seguem devagar, acariciando e brincando, ao contrário da depredação de Tal (bom trabalho no tutorial dos peitos, Tris) e posso sentir meu peito se retesar, totalmente atento, querendo, mais e mais. Depois as mãos de Nick se afastam e eu quero murmurar, *Não não não, voltem, mãos*, mas minha boca está ocupada demais com ele. Enquanto suas mãos se atrapalham e acariciam minhas costas, claramente procurando por um sutiã para abrir, meus lábios não suportam se afastar de seu toque para dizer a ele, *Meu bem, o fecho fica na frente.*

Meus lábios descem uma ladeira, de beijar sua boca, para seu queixo, o pescoço, movendo-se para o sul, para seu peito. Suas mãos desistem da questão do fecho e passam a dedilhar por meu cabelo, e eu me pergunto como ele sabe que ter a cabeça massageada de leve, como ele está fazendo agora, me deixa incrivelmente excitada.

Eu o quero tanto e sei que isso deve esperar, mas a curiosidade de fazer o test-drive de minha não-frigidez vai prevalecer aqui, simplesmente não posso evitar. Minha boca recua de seu corpo enquanto fico na ponta dos pés para colocar a boca em sua orelha e sussurrar nela o que eu quero fazer com ele, e estranhamente uso as palavras educadas em vez das obscenas, e ele sussurra, "É mesmo?" como se talvez ele também não estivesse convencido de que devíamos ir tão longe, mas sua respiração acelerada me diz que ele também está curioso para ter um test-drive. E eu sussurro, "É mesmo", porque desta vez ele não disse "devagar".

Meu cérebro oficialmente deixa a sala de gelo, como quem diz, *Não posso ficar olhando. Sabe que não devia fazer isso.*

Eu o tenho em minhas mãos — nossa, quem sabia que eu era ambidestra? — e minhas mãos estão sentindo, sentindo, sentindo, e posso ouvir sua respiração, ela é pesada e suave ao mesmo tempo, como uma fera sussurrando. Suas mãos acompanham delicadamente a linha por minha cabeça molhada, estimulando o movimento de minhas mãos. E eu o quero tanto quanto quero isso, porque ele e isso são a mesma coisa, e eu estou tão ávida, que quero tudo dele.

— Norah. — Está tão frio aqui, mas quando o ouço ofegar meu nome, me sinto em chamas. Todos aqueles romances de Jackie Collins que Caroline e eu lemos na escola estão começando a fazer completo sentido.

Minha língua segue a trilha, descendo para o movimento de minhas mãos, mas ainda não chega lá; meu coração acelerado reduz o ritmo de minhas mãos. Eu quero isso, quero tanto, mas estou apavorada, embora esteja me perdendo de boa vontade. Não tenho problemas em fazer isso — não, eu estou ÓTIMA —, mas com medo de que vá fazer errado. "Norah", Nick sussurra novamente, e espero que talvez com ele não haja um jeito errado. Espero que ele confie em mim. Meu coração martela martela martela e minha boca quer ir lá, mas minha cabeça primeiro se vira para cima, querendo olhar nos olhos de Nick, mas sob a luz fluorescente eu vejo que seus olhos estão fechados, então preciso falar e digo, "Me diga. Me oriente". Porque eu quero que os nossos instintos façam isso acontecer. E os olhos dele se abrem por um momento e pegam os meus, e pelo brilho da máquina eu vejo gratidão nos dele, e em minhas mãos sua resposta é ainda mais afirmativa; tudo bem, lá vou eu.

Ora essa, olá, Julio!

Mas algum filho da puta acendeu a luz nesta sala e nem por isso quero morrer de constrangimento. Eu quero morrer de querer que isto aconteça, e quem diabos pode ter tão pouca consideração para estragar meu momento, porra?

Um casal de velhos está parado na entrada da sala de gelo. Ela está vestida num roupão xadrez e chinelos baratos e é igualzinha a minha tia-avó Hildy, de Boca, que me odeia porque diz que tenho boca suja e porque uma vez cometi o erro tremendo de admitir que a carne que minha avó prepara é melhor que a da tia Hildy. Ele está de cueca samba-canção e camiseta, e que merda, está com aqueles suspensórios de meias em volta das panturrilhas que tenho certeza absoluta de que são artefatos do museu da moda. A cara dele é amarrotada e antiga, como se ele pudesse ser o tio-avô do ET, e ele está com um balde de gelo. Para que merda esses velhotes precisam de gelo a essa hora?

As cabeças grisalhas precisam de um momento para processar a visão.

— Ah — diz finalmente o clone da tia-avó Hildy.

— Ah, meu Deus — diz o marido dela.

Estou imaginado como Nick e Norah devem parecer à tia Hildy e ao tio ET agora, no instantâneo de Polaroid de suas mentes que rezo para que estejam quase em demência senil. Nick: sem camisa, as calças ainda no corpo mas com o zíper e a cueca abaixados, as mãos na máquina de Pepsi atrás. Norah: cabelo molhado embaraçado da massagem de Nick na cabeça, com calça molhada e o primeiro botão aberto, e também sem blusa, a não ser pelo sutiã preto de renda, preparando-se para se ajoelhar. F-L-A-G-R-A-D-A.

Espero que a tia Hildy perceba o cuidado com que dobrei a jaqueta Salvatore. Isso deve contar para alguma coisa.

O silêncio do choque parece durar uma eternidade, até que Nick olha por sobre a tia Hildy e diz:

— Poderia fazer a gentileza de apagar a luz de novo quando sair?

Agora é a vez dela de dizer "Ah, meu Deus", mas Deus a abençoe, ela apaga a luz, mas não sem antes me lançar um olhar de despedida, e eu juro que naquele último segundo vejo que ela reconhece minha fome, porque ela também a sentiu em algum momento de sua vida Ela pisca para mim antes de sair e eu me sinto confiante de que a titia e o titio verdadeiramente vão levar alguma coisa no balde das férias em Nova York. Nick e eu podemos nos tornar embaixadores da boa-vontade da cidade, agora que as sex shops da rua 42 fecharam. Devo fazer uma anotação mental de entrar em contato com prefeito.

A escuridão voltou a nós, mas o momento, o calor, se foi. Porque Nick fala num tom de voz normal em vez de num sussurro.

— Talvez ainda não estejamos prontos para isso. — O sentimento dele é sério — e correto. No entanto, de algum modo estamos rindo também, rindo do absurdo da situação, e talvez rindo de alívio pelo fato de o absurdo ter permitido que a situação não fosse além do que aconteceu.

A tia Hildy deve ter mandado meu cérebro de volta para a sala quando saiu, porque estou pegando minha blusa e o Salvatore enquanto Nick veste a camisa. Nem acredito em como estou grata por ter sido flagrada. Eu o quero demais, mas é cedo demais também. Tenho que pensar; com estas muitas paradas e começos, certamente esse trem um dia vai parar de vez na estação. Por que essa pressa toda?

Estamos vestidos de novo, só que nossas roupas ainda estão molhadas e ainda estamos rindo, e também estamos meio que nos agarrando junto à máquina de gelo, ele esbarra nela do jeito errado e agora o gelo está vomitando da máquina no chão, na gente, como uma porra de avalanche, e só o que podemos fazer é rir mais ainda e fugir dali.

Estamos nos beijando no corredor de novo, encostados na parede.

Estamos nos beijando no elevador de vidro de novo. Nós subimos e descemos, subimos e descemos, ainda nos beijando. Do lado de fora do elevador o tempo passa, mas lá dentro ele parou para nós dois porque temos nossa própria programação: beijar, rir, sondar, respirar, pegar, querer, esperar. Gostar.

Não conheço essa Norah que assume riscos e procura a emoção. Sou uma garota judia legal de Englewood Cliffs, em Nova Jersey. Posso ter boca suja, mas não sou flagrada em encontros sexuais ilícitos em Marriotts, pelo amor do caralho. Acho que posso estar aberta a um Ritz-Carlton ou a um Four Seasons, mas um Marriott, de jeito nenhum! Mas estou aqui. E não há outro lugar em que eu queira estar. Que feitiço esse cara lançou em mim?

Não conheço esta Norah, mas gosto dela. Espero que ela dure algum tempo, pense em pedir asilo permanente.

As portas do elevador se abrem no primeiro andar, somos recebidos e escoltados pela segurança do hotel e eu reprimo o impulso de partir para uma boa e franca discussão com eles sobre os princípios fundadores das liberdades civis de nosso país porque isso tomaria o tempo que eu tenho com Nick.

Então Nick e eu saímos, e estamos de mãos dadas, ainda rindo, ainda molhados da chuva e do suor de nosso(s)(s)(s) encontro(s)(s)(s). E estamos tontos, porque amanheceu, estamos no centro do mundo e no centro de nosso próprio universo, e a primavera está aqui, o ar tem um cheiro molhado e limpo. Deus abençoe Manhattan, sabe como é, porque devem ser seis da manhã de um domingo e, no entanto, os caminhões de coleta de lixo descem a rua e os trabalhadores da Times Square limpam os excessos da noite com seus uniformes cor de laranja, e nem o cheiro da chuva fresca de primavera pode lavar completamente o Eau de Urina/Lixo/Vômito da Times Square, mas de algum modo isto aqui, este momento, é perfeito.

— Para onde? — pergunta Nick, e eu digo:

— Para casa.

Finalmente encontraremos Jessie, o Yugo, e acharemos a saída dessa ilha.

Eu tenho tanto o que fazer. Caroline para intervir. A faculdade para planejar. Nick para conhecer. Técnicas sexuais no Google para aprender.

Playlists a serem criadas. Já estou planejando a que vou fazer para Nick depois que dormir um pouco. Vou chamar de "(T)rainy/Dreamy" e será toda de músicas sonhadoras ou com as palavras *chuva* (rain) ou *trem* (train) no título, porque ele é tão lindo na chuva e um dia eu gostaria de fazer amor com ele num trem, mas não no Chicago El, como naquela cena do filme dos anos 1980 *Negócio arriscado*, porque até foi quente, mas parecia tão pouco higiênico; não, vamos atravessar o país de trem com nossa própria cabine, Nick e eu vamos nos chamar de "amor" e ler livros em voz alta um para o outro à noite, enquanto o trem corre pelas planícies. No fundo de minha mente, estou pensando que minha playlist "(T)rainy/Dreamy" para Nick vai incluir *I Wish It Would Rain*, dos Temptations, *Train in Vain (Stand by Me)*, do Clash, *It's Raining*, de Irma Thomas, *Blue Train*, de Johnny Cash seguido de *Runaway Train*, de Rosanne Cash (ah! Eu sou tão inteligente!), *Come Rain or Come Shine*, com Dinah Washington ou com Ray Charles (parada dura — decido depois), e vou terminar o mix com *Friendship Train*, de Gladys Knight & The Pipis, porque é isso que representa no fim, né?

Estamos andando pela Sétima e não sei se vamos para o metrô ou voltamos a pé para o Lower East Side, mas não ligo.

— Nick? — eu digo.

Ele levanta até a boca a minha mão que está segurando para um beijo rápido.

— Sim? — diz ele.

Digo a ele:

— O que aconteceu aqui? Tenho uma coisa para dizer a você.

Ele pára de andar e não larga minha mão, mas seu aperto se afrouxa e eu posso ver em seus olhos que ele está pensando. *Agora ela vai me dizer que tem herpes*, ou pior, *Ela vai negar qualquer coisa que tenha acontecido*. Quase posso ver as gotas de preocupação em sua testa.

— Que foi? — ele sussurra.

Olho direto nos olhos dele. Respiro fundo, solene, e simplesmente solto.

— Estou grávida. Não sei se é seu ou do ET.

Desta vez não tento reprimir o sorriso. Vai sair, quer eu goste disso ou não. Escolho gostar.

Ele também não reprime. Me puxa para ele, com força. Ele está rindo, mas parte de mim quer dizer para parar, porque a parte de mim que está encostada em seu peito pensa, *Que merda, isso não é engraçado, porque eu posso me apaixonar seriamente por você.*

19. NICK

Quando é que a noite termina? No início do nascer do sol ou no final dele? É quando você finalmente vai dormir ou simplesmente quando percebe que tem que dormir? Quando o clube fecha ou quando todo mundo vai embora? Normalmente, guardo esse tipo de pergunta para mim mesmo. Mas desta vez, pergunto a Norah.

— Acaba quando você decide que acaba — diz ela. — Quando você encerra a noite. O resto é só uma questão de onde o sol está no céu. Não tem nada a ver com a gente.

Continuamos andando pela Sétima Avenida, pela larga fileira de cidade que ainda dorme no amanhecer do dia. Taxistas do turno da noite reduzem quando nos vêem, depois aceleram quando percebem que estamos de mãos dadas e não parecemos estar com pressa alguma de estar em lugar algum, a não ser aqui.

Estou exausto. É até exaustivo demais ficar negando que estou exausto, então deixo o peso cair em meus ossos e meus pensamentos. Estou tão cansado, porra, e a maior parte da minha energia está sendo gasta querendo não estar cansado.

— Eu adoro essa luz — diz Norah. — A cidade tingida de rosa no despertar, como fica laranja e azul quando vai dormir.

Estamos um trapo. Os cabelos secando de qualquer jeito. Minha sombra das seis da manhã. As roupas amarrotadas, ainda parecendo pós-sexo por mais que tentemos arrumá-las. (Tá legal, não tentamos tanto assim. Temos orgulho delas.)

— Norah — eu digo. — Tenho uma pergunta pra fazer.

— Claro — diz ela.

— É bem pessoal. Tudo bem? Quer dizer, não precisa me responder, se não quiser.

— Não se preocupe. Se eu não quiser, não vou responder.

— Tudo bem. — Eu paro por um segundo e posso dizer que ela pensa que estou falando a sério, o que me diverte muito.

— Lá vai. Norah? — Eu paro de novo.

— Sim, Nick?

— Será que eu posso... Humm...

Ela está ficando irritada.

— O quê, Nick?

— Você podia... talvez... me dizer seu sobrenome?

Na lata, ela diz:

— Hilton.

— Não, é sério.

— Hyatt?

— Norah...

— Marriott? Ou que tal Olsen? Sou a terceira gêmea que elas *nunca conheceram*.

— Estou vendo a semelhança.

— Ah, vai se foder. É Silverberg.

— Legal.

— "Legal", agora você sabe quem é meu pai?

A idéia nem passou pela minha cabeça.

— Para ser franco — eu digo — mesmo com o sobrenome, eu não sei quem ele é. Acho que não acompanho esse tipo de coisa. Tudo bem?

— Não faz idéia de como isso é ótimo — reponde Norah. — Agora... Eu falei o meu, e você não me disse o seu.

— O'Leary.

— Você é irlandês?

— Na verdade não, como a maioria. Meu avô por acaso ganhou o sobrenome numa loteria. Sou irlandês-britânico-francês-belga-italiano-eslavo-russo-dinamarquês. Basicamente, o euro devia ter a minha cara estampada nas notas.

— Então você é um vira-lata europeu?

— Com a possível exceção de Luxemburgo.

— É bom saber disso.

Entramos na Sexta Avenida, depois na Broadway.

— Posso ter o número do seu telefone? — pergunto.

Norah tira a mão da minha para colocar no bolso do Salvatore e pega meu telefone.

— Toma — diz ela, estendendo. — Já está programado.

Sei que não é nada *cool* fazer isso, mas pergunto:

— Quer o meu?

— Me liga — diz ela. E depois, quando não faço nada, ela acrescenta: — Agora.

Então abro meu telefone e olho a agenda. Vejo que Norah acrescentou uns comentários dela — o número de Tris está gravado como *Aquela Piranha*. O de Norah, porém, não está sob *Norah*. Mas quando vejo o nome Salvatore, sei para quem estou ligando.

Eu disco. O telefone dela toca.

— Alô? — ela atende, a menos de meio metro de mim.

— Posso falar com Salvatore, por favor? — pergunto.

— Acho que ele não pode atender agora. Gostaria de deixar um recado?

Estou olhando para Salvatore e percebo que desisti dele há muito tempo, que em minha mente ele já é dela.

— Diga a ele que espero que ele goste de seu novo lar — eu digo.

Norah olha para mim.

— Tem certeza?

— É, eu tenho.

— Obrigada.

Nós dois desligamos e damos as mãos de novo. Andamos pela Union Square, passamos pelos detritos dos baladeiros de sábado à noite. Passamos pela Virgin Megastore, pela Strand, pela velha Trinity Church. Passamos pelo Astor, pelo cubo de skate, por St. Marks Place, onde os clubbers tropeçam para a luz do dia. Descemos a Segunda Avenida até que chegamos à Houston. Sei que ela agora também está cansada. Estamos usando toda nossa energia nesta caminhada, por este pareamento quase silencioso. Para ver de tudo. Para nos ver.

Quando chegamos à Ludlow, lembro da música que comecei a compor, numa hora que agora parecia ter semanas.

Será que essa noite realmente aconteceu? A música não foi terminada, mas agora eu tenho o final — não sei como vou escrever, mas vai envolver nossa volta, vai tomar a estranha luz rosada e o silêncio da manhã de domingo. Porque essa música somos nós, a música é ela, e desta vez vou usar o nome dela. Norah Norah Norah — sem rimas. Só a verdade.

Eu não devia terminar essa música. Sempre penso em cada noite como uma canção. Ou cada momento como uma canção. Mas agora estou vendo que não vivo numa música só. Passamos de uma para outra, de letra para letra, de acorde para acorde. Não há um fim aqui. É uma playlist infinita.

Sei que Norah adoraria que eu cantasse a música para ela, aqui na Ludlow Street. Mas vou esperar pela próxima vez. Porque eu sei que haverá uma próxima vez. Eu estava louco pela próxima vez no minuto em que a vi. Por toda a noite, eu estive louco pela próxima vez, e a vez seguinte, e a seguinte. Sei que isso é alguma coisa.

Posso ver Jessie acomodada com segurança junto ao meio-fio, pronta para nos levar para casa.

— Estamos quase lá — diz Norah.

Eu nos detenho. Nós nos viramos um para outro e nos beijamos. Aqui, na Ludlow Street. Em um novo dia.

Meu coração acelera. Eu estou no aqui, no agora. Também estou no futuro. Estou abraçando-a e querendo e sabendo e esperando, tudo ao mesmo tempo. Somos nós que pegamos essa coisa chamada música e alinhamos com a coisa chamada tempo. Somos a marcação, a pulsação, estamos por trás de cada parte deste momento. E ao tornarmos este momento nosso, nós o tornamos infinito. Não há platéia. Não há instrumentos. Só corpos, pensamentos, murmúrios e olhares. É o show para dar um fim a todos os shows, porque é isso que importa. Quando o coração dispara, é para isso que está acelerando.

20. NORAH

Eu posso ficar com o casaco, eu posso ficar com o casaco, lalalalalala, o Nick me ama, ou pelo menos gosta de mim, lalalalalala, Salvatore e eu estamos tão felizes, esse casaco só será lavado a seco, nenhum detergente nojento o manchará, lalalalalalala.

Cá estamos nós, de volta a Jessie. Yugo! Lalalalalalala.

Estou sentada no banco do carona ao lado de Nick e é como antes, quando ficamos sentados lado a lado neste carro, só que não é. Não estou mais distraída, como se nem quisesse passar meu tempo com esta pessoa, neste "veículo", mas Jessie, como antes, tem dúvidas sobre se me permite ser a Garota de Jessie. Jessie, mais uma vez, não pega. Nick gira a chave e pisa no acelerador, e até reza um pouco, mas não, Jessie não reage.

Nick pára com a chave e se vira para mim.

— Merda — diz ele.

Não posso deixar de rir ao vê-lo, as roupas amarfanhadas, o cabelo espetado da chuva e de minhas mãos, os olhos vidrados do desejo e do cansaço, o queixo projetado de frustração com Jessie. Eu digo a ele:

— Você parece aquela música do Where's Fluffy, *Você Tem Um Jeito Fodido, Yoko* — que eu acredito que estava na playlist desolada do rompimento que Nick fez para Tris, e na minha opinião é a melhor música da banda de seus tempos pré-Evan E., quando o baterista do Fluffy era um cara chamado Gus G., que os deixou num ataque de raiva quando Lars L. chutou a agente da banda, que por acaso também era a namorada de Gus G.

— Ah, seja calma com meu coração, Norah — diz Nick. Depois, a sério, ele diz: — Dev fala que *I Wanna Hold Your Hand* é a música definitiva, porque captura a essência do que toda música pop realmente trata, que é o que todos nós queremos... Simplesmente, *Eu Quero Segurar Sua Mão*. — Nick tira a mão direita da alavanca de câmbio e segura minha mão esquerda. — Acho que Dev pode ter razão nisso.

— Eu odeio os Beatles — declaro. — A não ser por aquela música, *Something*. Isso é que é uma puta canção de amor. E John ou Paul nem compuseram. É do George. O George era demais. Mas os Beatles como um todo? Completamente superestimados.

Nick larga minha mão. Olha para mim como se ou eu tivesse acabado de ter um colapso mental, ou ele estivesse prestes a ter um.

— Vou fingir que não ouvi isso.

Os músicos e seu amor pelos Beatles — o que se pode fazer? Eu me curvo para dar um beijo de reconciliação no pescoço dele. Depois pergunto:

— Já escreveu uma canção para mim?

— Já. Mas não está pronta. E não volte a falar dos Beatles com essa condescendência de novo, ou nunca vou terminá-la.

— Então vou poder ouvir, mesmo a versão inacabada?

— Não.

— Nunca? Ou não agora?

— Não agora. Não seja tão gananciosa. — Ele já me conhece muito bem.

Ele gira a chave de novo. E de novo, outra vez, mais uma vez.

— Merda — repete ele.

— Quais são as alternativas? — pergunto.

— Bom, a gente pode tentar encontrar alguém para fazer uma chupeta no carro. Ou a gente pode só deixá-lo aqui e ir para casa de trem e se preocupar com Jessie depois de dormir. Ou pode voltar mais tarde com Thom e Scot para fazer a chupeta. Ou, sabe como é... A gente pode admitir que Jessie me magoou pela última vez e doá-la para a caridade.

Coitado do Nick. A Tris despedaçou seu coração. A Jessie despedaçou seu coração.

Eu sussurro em seu ouvido:

— Prometo que nunca vou te magoar. — Porque, sem dúvida, eu vou ferrar com muita coisa nesse sei-lá-o-que-temos, mas isso, jamais vou fazer.

— Bem, obrigado? — sussurra Nick.

Provavelmente eu esteja me aproximando do território do assédio de novo, então decido me calar. Depois ele se inclina e coloca a mão em volta do meu pescoço, me puxa para ele e me beija de novo. É incrível a freqüência com que os cativos começam a se associar com seus captores. E eu experimento a coisa da língua de novo, o yin, o yang, o chupar e puxar, e desta vez ele acha meu frênulo sozinho, e nós ficamos satisfeitos, estamos começando a encontrar o ritmo disso. Meus chakras estão muito, muito abertos e as janelas de Jessie estão muito, muito embaçadas.

Mas eu me afasto porque se não pararmos com isso já, nunca vamos chegar em casa.

— Vamos fazer o seguinte, Nick — eu falo. — Você fica tentando dar a partida em Jessie e eu vou até a loja coreana ver se alguém pode nos ajudar.

Saio do carro, um mendigo está cantando *Ride Like the Wind* encostado numa parede e eu lhe dou minha última grana para ele parar. Entro na loja, onde eu devia estar encontrando alguém para nos ajudar com os cabos da chupeta, mas, na verdade, estou parada me decidindo se apenas ligo para meu pai — ou, melhor ainda, para o assistente do meu pai — e peço que um carro venha nos pegar; esse método já levou Caroline e eu para casa em muitas ocasiões. Com um telefonema, eu podia facilitar tudo para mim e para Nick. E se não dou esse telefonema e fico aqui com os dentes batendo na seção de congelados, não sei se é porque não quero que Nick pense que sou uma patricinha ou porque estou tentando ganhar mais tempo com ele.

Nick pediu o número do meu telefone, mas não disse *quando* vai me ligar. Só nos conhecemos há algumas horas e no entanto nós, huuum, já nos conhecemos muito bem, eu diria. Então eu tenho esperança de que pelo menos isso implique que vamos nos ver em breve, mas ele não disse *quando*. E não gosto de esperar para descobrir.

Pego meu telefone no bolso de Salvatore e analiso o registro de chamadas. Vejo o número de Nick. Me debato se atribuo um nome a esse número. Se eu me comprometer com isso, então verdadeiramente vou me magoar se ele não me ligar de novo; e meu coração vai dar um nó sempre que eu usar este telefone e vir seu nome na agenda. Provavelmente vou acabar tendo de jogar o telefone no lixo. Depois ouço a música no rádio do balcão, e é a velha amada de papai, Alanis, e penso em como numa noite Nick inspirou o que meu pai chama de minhas "transformações adolescentes de Norah como Alanis", em que meu pai diz que sou capaz de ir de imediato da Alanis pantera furiosa de *You Oughta Know* para a Alanis menina serena de *Thank U*, e concluo por afinal programar Nick no meu telefone, apesar de meus receios. Penso em atribuir ao número dele o nome *Não-Homo*, mas desconfio de que isso o irritaria de verdade. *Papai do Salvatore* levaria muito tempo para colocar. Então só digito *Nick*. Tão simples. Tão doce. E ligo para ele.

— Achou alguém aí dentro com cabos de chupeta? — pergunta ele, cheio de esperança.

— Não perguntei ainda. Então, tipo assim, se você vai me ligar, pode me dizer quando seria?

— Não está me deixando espaço para o elemento surpresa.

— Eu odeio surpresas.

— Não acredito em você.

— Olha — eu disse, séria. — A Tris já fez com você aquela coisa onde ela ligou para você do banco traseiro do seu carro enquanto você a levava para casa? Porque ela aprendeu isso comigo. Aquela piranha nem sempre é a mestra, entendeu?

— Quem é Tris? — diz ele, e desliga na minha cara. Fico feliz por ter programado o nome dele.

Espero que Nick tenha dinheiro, porque estou usando o último que tenho agora, pagando em moedas e moedinhas por outro saco de Oreos velho, e enquanto atiro as moedas para o cara do balcão, eu grito, para que todo mundo na loja ouça:

— ALGUÉM AÍ TEM UM CARRO COM CABOS DE CHUPETA OU COISA ASSIM?

Ninguém responde. Bom, eu fiz o máximo que pude. Antes de voltar ao carro, porém, ouço o recado que Caroline deixou na caixa postal. Ela deve ter ligado durante a fase pós-vômito, pouco antes de ir para a cama, porque a voz dela está toda carinhosa e feliz. "Norah? Norah Norah Norah", cantarola ela num sussurro, como uma canção de ninar. "Thom e Scot disseram que você está num encontro com o amigo deles! Esse Nick é um gatinho, mesmo que tenha sapatos feios. E você deve mesmo gostar dele, se não atende a este telefone, porque eu te conheço e sei que você sabe que estou ligando. E acho que só o que quero falar é que você sempre cuidou de mim, e embora tenha sido um tanto esquisito acordar num furgão escuro com dois estranhos no estacionamento de uma porra de 7-Eleven, eu também fico feliz porque você está cuidando de si mesma em vez de mim, pela primeira vez na vida. Estou mesmo. E amanhã à tarde, quando eu estiver de ressaca, xingando você por me abandonar, ouça esse recado de novo, tá legal, vadia? Te amo." Eu sorrio. E salvo o recado.

Volto para Jessie.

— Desculpe, amiguinho — eu digo a Nick quando volto a entrar no carro. Ofereço um Oreo velho a ele.

— Eu odeio Oreo — ele diz, e agora é minha vez de dizer:

— Vou fingir que não ouvi isso.

Nick sai de Jessie para abrir o capô. Enquanto está examinando o motor, eu examino o porta-CDs que está no chão. Tem os suspeitos de sempre, Green Day, The Clash e The Smiths, tá, mas tem também Ella e Frank, até Dino, um pouco de Curtis Mayfield, Minor Threat, Dusty Springfield e Belle & Sebastian, e enquanto eu folheio a vida musical dele, conhecendo-o por intermédio de seus gostos, devo reconhecer que não só eu não sou frígida, como também posso ter orgasmos múltiplos. Esse Nick pode jamais me ligar afinal, mas ele é minha alma gêmea musical. Pego a *boom box* portátil no banco traseiro e programo uma sessão despertador.

Nick volta para dentro do carro.

— Então é isso — diz ele. — Vamos ter que pensar em outro plano para ir para casa. A Jessie não vai a lugar algum. — Ele pega a carteira. — E é claro que eu não tenho mais dinheiro. Mas tenho um cartão do metrô! Eu lamento muito, Norah.

Eu não lamento, porque as palavras dele me fizeram pensar em minha música preferida do Le Tigre. Eu murmuro, "My! My MetroCard!" e Nick pega a música respondendo com um, "OH, FUCK/Giuliani" e nós dois terminamos com "HE'S SUCH/A fucking jerk!".

— Vamos deixar a Jessie aqui hoje. Vou pensar no que fazer depois de dormir um pouco. Se pegarmos o trem A para o Port Authority, sei de um cara que dirige o serviço de van de manhã cedo para Hoboken. Ele é da Pretty Girls Named Jen, uma banda hardcore de Jersey City... Você conhece? Mas então, sei que ele nos leva de graça, e depois que voltarmos a Hoboken posso pegar o carro da minha irmã e levar você para casa. Então, só o que precisamos fazer é pegar o trem A. Mas não sei bem se tenho energia para andar até o trem A. E você?

A essa altura, matamos completamente uma noite de sono, então podemos muito bem acordar o inferno e curtir esse dia novinho em folha. Respondo com uma única palavra:

— BEASTIE! — Aperto play no CD player, e nessa Nick e eu estamos cantando juntos, gemendo "I like to party, not drink Bacardi", e caímos total no groove de *Triple Trouble*, porque pegamos a batida de Beastie e é muito agradável, vai ficando cada vez mais alto enquanto balançamos Jessie. Nick está batendo cabelo e eu estou batendo cabelo, e juntos somos uma mistura de Johnny Castle com Johnny Rotten de uma DJ Norah cafeinada. E nós acordamos, estamos vivos.

Percorremos o longo caminho até a Canal Street — nós quase corremos lá — e estamos de mãos dadas, rindo, nos beijando e cantando aos gritos, "Mommy's just jealous it's the BEASTIE BOYS", e aí nós chegamos lá e descemos aos pulos a escada para a estação. Uma pichação em spray nas paredes diz: *Não vos comove isto a todos vós que passais pelo caminho? Lamentações 1:12* e eu penso, *Não, Senhor, quem quer que VOCÊ seja, isto não é nada para mim. Isso é importante.* Tipo assim, eu podia me ver sendo uma daquelas turistas em Chinatown e eu podia comprar uma camiseta que diz, "Eu sobrevivi à Noite" ou "Nick & Norah foram ao Marriott Marquis e Só o Que Consegui foi Essa Camiseta Horrorosa", como se a experiência nunca tivesse acontecido sem a camiseta para provar.

Nick passa o seu cartão pela roleta e ouvimos o trem se aproximando, e é a manhã de domingo, então é melhor correr, porque quem sabe quanto tempo vai levar até outro trem aparecer. Ele entrega o cartão para mim, mas quando eu passo, a máquina diz *Saldo Insuficiente*, porque Nick deve ter usado a última do cartão.

— Porra! — eu digo.

— Porra! — ele diz.

Nick põe a mão na minha do outro lado da roleta. Ele diz:

— Não se preocupe, é só pular.

Eu hesito, embora saiba que minha hesitação pode nos custar o trem que se aproxima. Se eu pular, então é pra valer, ele é pra valer. Vou ter que infringir a lei por ele, e isso nos unirá para sempre, os fora-da-lei, como Bonnie e Clyde. E olha como deu certo para eles.

— Vem, Norah — diz Nick. Ouço sua urgência e mais uma vez penso, *Ai, coitado do Nick.* Penso que sou basicamente uma garota legal, mas também sou um pé-no-saco. Eu sei disso. É como se ele não fizesse idéia de onde se meteu. Eu devia chamar o carro para mim e deixar Nick ir.

— Norah?

Se eu fizer isso, estarei pulando tipo no meio do *mosh pit*. Perigoso. Estimulante. Apavorante. É só uma porcaria de roleta, mas... e se eu não conseguir chegar ao outro lado? Algumas pessoas nunca saíram vivas do *mosh*.

O guincho ensurdecedor dos freios anuncia que o trem está na estação.

Nick diz:

— Vamos nessa ou não?

Atirar-me na brecha de nossa linha divisória será um salto de fé.

Seguro sua mão quente. Respiro fundo.

Preparar.

Apontar.

Pular.

SOBRE OS AUTORES

RACHEL COHN E DAVID LEVITHAN não são Nick e Norah, embora Rachel tenha escrito a parte de Norah e David, a parte de Nick. Os dois são jovens escritores muito aclamados por mérito próprio e escreveram juntos pela primeira vez.

Os livros anteriores de Rachel incluem *Pão-de-Mel*, um Best Book for Young Adults e Top Ten Quick Pick for Young Adults da American Library Association, e Melhor Livro do Ano da *Publishers Weekly* e do *School Library Journal*, bem como sua seqüência, *Siri*.

Os livros anteriores de David incluem *Boy Meets Boy*, um Top Ten Best Book for Young Adults e Quick Pick da American Library Association, e um Prêmio Literário Lambda; *The Realm of Possibility*, Top Ten Best Book for Young Adults da American Library Association; e *Are We There Yet?*

Rachel mora em Nova York e David mora em Hoboken, Nova Jersey. Se o trânsito está bom, só leva meia hora de ônibus e metrô entre os apartamentos dos dois.

Seus sites são linkados — www.rachelcohn.com e www.davidlevithan.com. Dê uma olhada também em www.umanoitedeamoremusica.com.br.

Este livro foi composto na tipologia Classical Garamond, em corpo 11/16, e impresso em papel off-white 80g/m² no Sistema Cameron da Divisão Gráfica da Distribuidora Record.